JE T'APPORTERAI DES ORAGES

Geneviève Dormann est née en 1933 à Paris. Journaliste, à Marie-Claire *et au* Point, *elle a publié un récit :* La Première Pierre *(1957) et des romans :* La Fanfaronne *(1959),* Le Chemin des Dames *(1964),* La Passion selon saint Jules *(1967) et* Je t'apporterai des orages, *pour lequel elle a obtenu le Prix des Quatre Jurys (1971).*

José, l'héroïne de ce roman, est une jeune femme d'aujourd'hui dont le moins qu'on puisse dire est qu'elle n'est pas de tout repos. Mariée trop jeune à un imbécile, elle prend le large, un soir de Noël. Belle, intelligente et rageuse, elle veut tous les bonheurs et toutes les libertés de la vie, persuadée que l'amour n'existe que pour achever les cœurs faibles. Seule, sa rencontre avec un superbe bandit lui fera réviser ce jugement. Les exigences de José et son goût des orages lui feront traverser des aventures que la morale réprouve mais dont les récits parfois drolatiques constituent une chronique sauvage et impertinente des travers de notre époque. On verra José, servie par une chance diabolique, semer le trouble dans une famille de banquiers, bouleverser le cœur d'un ministre, passer des diamants aux frontières, échapper aux sortilèges indiens et aux coups de feu d'un hold-up. Seul, l'amour aura raison d'elle et lui rapportera au centuple les orages qu'elle aura semés.

D1437803

ŒUVRES DE GENEVIÈVE DORMANN

Chez le même éditeur :

JE T'APPORTERAI DES ORAGES, 1971, *roman.*
LA PASSION SELON SAINT JULES, 1967.
LE CHEMIN DES DAMES, 1964.
LA FANFARONNE, 1959.

GENEVIÈVE DORMANN

Je t'apporterai des orages

ROMAN

ÉDITIONS DU SEUIL

A la mémoire d'Alexandre Vialatte

> *L'éducation des frissons n'est pas bien faite dans ce pays. Nous ignorons les vraies règles et quand l'événement apparaît, nous sommes prises au dépourvu.*
>
> Henri Michaux.

Le camion freina brutalement et, dans son élan, fit une embardée, mordit au gras du talus, lâcha une sorte de pet prolongé, frissonna de tout son métal et s'immobilisa.

Tassée sur son siège, les genoux remontés sous le menton et la tête appuyée à la vitre de la portière, José, tranquillement, regardait le garçon qui manipulait les boutons de sécurité, baissait ses phares en veilleuse et bloquait à fond les énormes freins.

Enfin, il se tourna vers elle, secoua en arrière une mèche qui lui tombait sur les yeux, renifla et, tout à coup, vrilla furieusement un doigt sur sa tempe.

« Dites donc, vous êtes pas complètement piquée, vous, des fois ?... Aller jeter une alliance dans le noir, comme ça... Vous comptez pas sur moi pour aller la rechercher, hein ?

— Non, dit José. Bien sûr que non. Si je l'ai jetée, c'est que je n'en voulais plus.

— Elle est en or ?

— Oui, dit José, mais vous savez, ça ne se revend pas. Et puis ça porte malheur, pour une deuxième fois.

— Alors, comme ça, dit-il, le mari c'est fini, hop-là ?

— Oui, dit José. Hop-là.

— C'est quelque chose, dit-il. Non, mais je vous jure ! »

Il balança la tête à plusieurs reprises et regarda encore une fois cette nana qu'il avait ramassée sur la route, pourquoi, va donc voir ? Les auto-stoppeurs, il n'en prenait jamais, c'est défendu. Ça vous attire toujours la merde et les histoires. Mais là, il avait été, je peux pas vous dire, *obligé* de s'arrêter. Sa figure, ses cheveux roux, sa dégaine de sauterelle, son air paumé. Et puis, la vérité : il en avait marre de faire la route tout seul.

« Dites donc, dit José, vous m'avez promis un casse-croûte, tout à l'heure. C'est pas pour vous bousculer mais j'ai un peu faim, voyez-vous. Je n'ai rien mangé depuis ce matin. »

Du coup, le garçon se détendit. Il frappa du plat de la main sur son volant et déclara que, vraiment, elle était spéciale et que les bonnes femmes, il faut se les faire. Puis il se retourna à genoux sur son siège, fouilla derrière le rideau de la couchette et en retira un sac de plastique, une bouteille et un Thermos.

« Rillettes et saucisson, annonça-t-il, du Bonbel, un coup de rouquin et du café. Ça ira, ma p'tit'dame ?

— Ça ira, dit José. Comment vous vous appelez ?

— Rambot Bernard, dit-il. Et vous ?

— Moi, dit José, je m'appelle José. C'est-à-dire que je m'appelle Joséphine mais on m'appelle José.

— Joséphine, voilà aut'chose ! » dit Bernard en s'esclaffant.

Et pourquoi pas Cunégonde ?

« C'est ma mère, dit José. C'est pas moi. Elle n'avait que des meubles Empire quand je suis née. A cause de Napoléon. Elle était folle de Napoléon. Alors, elle m'a appelée Joséphine. Ça allait avec ses guéridons. »

Elle se sentait bien, à présent. En tout cas, mieux qu'une heure plus tôt sur cette route gelée où elle attendait une voiture, les larmes aux yeux, à cause de l'angoisse qui venait de la fatigue, de la tension nerveuse et de la nuit qui tombait.

Quand le Berliet s'était arrêté, elle avait couru avec l'énergie du désespoir, vers ce moyen de fuite qu'elle n'avait pas imaginé sous une forme aussi colossale, mais c'était mieux que rien. Les voitures sont rares, les lendemains de Noël. Les gens restent chez eux à cuver leurs ripailles devant la télévision.

L'aspect du chauffeur l'avait aussitôt rassurée. C'était un grand garçon lourd, taillé comme une armoire, avec un visage d'enfant un peu vulgaire mais absolument dénué de méchanceté. Il devait avoir vingt-deux ou vingt-trois ans, presque comme elle. On n'a rien à redouter des gens qui ont le même âge que vous.

Il lui avait parlé tout de suite. Il remontait sur Paris avec son chargement de poisson. Il comptait être à Poitiers vers minuit. Une petite

halte et hop, cap sur les Halles. Ça faisait
deux ans qu'il faisait ça, trois fois par semaine.

Maryse et son camion revenaient sans cesse
dans ses propos. Maryse, sa femme, qui l'attendait au Chapus et le Berliet tout neuf avec ses
six doubles roues impec, sa chambre froide au
poil, pas une odeur, le poisson rigole encore en
arrivant ! Il n'avait pas vingt ans mais vingt-
cinq et quand il ne trouvait plus rien à dire, il
sifflotait, entre deux dents, des chansons de
Pierre Perret. Moi, il me fait marrer, ce
mec-là. Ou encore *Tiens, voilà du boudin*, ren-
gaine de l'armée, l'Algérie, ah ! les vaches.
J'peux pas les piffer, moi, ces mecs-là. Notez,
on a quand même bien rigolé ! Y'avait des
pétasses, excusez-moi si vous voyez ce que je
veux dire... Ils avaient installé un boxon en
plein bled. Un jour, on est partis avec des
copains... Remarquez, j'ai jamais raconté ça
à ma femme. Elle comprendrait pas. C'est pas
l'genre. C'est pas qu'elle est en retard pour
rigoler, mais... Je sais même pas pourquoi je
vous parle de ça !

Et puis étaient venues les questions et José,
à son tour, avait dû s'expliquer. Non, elle
n'avait pas raté le train. Oui, elle était de Paris,
enfin, à côté. Elle était venue à Oléron juste
pour Noël, avec des amis, son mari... Parce que
oui, elle s'était mariée à dix-neuf ans. Tiens, et
où était-il donc, son mari ? Eh bien, justement,
ils s'étaient fâchés et elle était partie. Comme
ça ? Oui, comme ça, si on veut.

Le moteur ronflait tout doucement et la nuit

glissait le long des vitres. De temps à autre, les essuie-glace séchaient une crise de pluie et il faisait bon dans la cabine où une intimité réchauffante, faite de cigarettes allumées à tour de rôle, poussait aux confidences. Le camion était un radeau au milieu de l'hiver. Ce qu'on disait n'avait aucune importance. Et puis José n'avait rien à craindre pour plusieurs heures. Les malfaiteurs, les ombres louches de la campagne ne prévalaient pas sur la carrure de son compagnon aux cuisses solides dont elle voyait bouger les muscles au gré des manœuvres. Quant à ses mains, c'étaient des pognes qui semblaient soulever le camion entier, le long de la route, comme ça, par le volant.

« Oui, dit Rambot Bernard, mais tout ça, ça m'explique pas comment vous vous trouvez en cavale, sur une route, à cette heure-ci. Faut être sérieux, tout de même : c'est pas pour une petite engueulade qu'on lâche tout. Qu'est-ce qui s'est passé, au juste ?

— Moi, dit José, je voulais pas venir. D'abord, Noël, ça me fout le cafard, je peux pas vous dire pourquoi. Si. Ça va bien quand on est petit et puis, tout à coup, ça tourne au cirque faux, au gnangnan, à la comédie. C'est une fête de vieux qui ont besoin d'une excuse pour s'empiffrer. Qu'est-ce que ça veut dire, le réveillon ? Moi, je réveillonne n'importe quand, en juin, en septembre, quand j'en ai envie. J'ai pas besoin de carillons pour passer une nuit blanche. Ils me font pleurer avec leurs sapins et leurs lumières. Des minables.

— Je sais pas où vous allez chercher tout ça, dit Rambot. Vous savez que vous êtes pas ordinaire, hein ?

— Possible, dit José. Mais moi, à Noël, j'ai envie de me mettre au lit, sous un édredon, et d'attendre que ça passe... J'ai proposé ça à Alain. On serait restés tous les deux, on aurait mangé des sardines, on aurait joué aux portraits chinois ou à la belote. Mais pour lui, Noël, c'est sacré.

— Alain, c'est votre mari ?

— C'était, dit José.

— Il travaille dans quoi ?

— Il tripote des ordinateurs.

— Il est plus vieux que vous ?

— Il a au moins trente ans, dit José.

— Y'a longtemps que vous êtes mariés ?

— Deux ans.

— Vous allez dire que je suis curieux, dit Rambot, mais puisqu'on cause...

— Y'a pas de mal, dit José... Alors voilà : il avait accepté une invitation avec des tas de gens... »

Elle les revoit tous, ces gens : Marie-Rose qui ricane derrière ses lunettes et Louis ; le juge et sa grosse femme qui tripote ses perles entre les plats ; Gilles, Benoît, Catherine et puis Romain et Claire. Ils avaient fait ouvrir les chambres de l'auberge, allumer des feux dans les cheminées, sortir des couvertures qui sentaient la naphtaline et rapporter des provisions à tout casser.

Ils avaient passé la veillée sur une dinde et sur une bûche au chocolat. Louis racontait ses souvenirs du Palais, du temps qu'il était avocat. Louis avait toujours des histoires extraordinaires à raconter et il le faisait avec ses grands gestes d'autrefois, avec des effets de manches imaginaires. Parfois, même, il ne pouvait s'empêcher de se lever, dans le feu d'une narration, et de marcher de long en large, s'exaltant de plus en plus, solitaire dans son improvisation. José aimait bien ce vieil homme au teint violacé par des centaines d'hectolitres de crus divers, ce grand escogriffe à la parole infinie qui affectait toujours de lui pincer les fesses au passage, comme s'il avait encore trente ans. Comment avait-il pu supporter cette vipère de Marie-Rose ?

Tout le monde s'était levé tard le lendemain et l'on s'était remis à table. Alain se frottait les mains, heureux de son entourage et de la bonne conversation qui s'installait : les bagnoles, la télé, le Goncourt, la pilule fait-elle grossir, et qu'est-ce qu'on aura après de Gaulle, je vous le demande, c'est facile de critiquer. On pouvait même parler de Dieu et des nouveaux catholiques. Et puis raconter deux ou trois coups marrants de la « Caméra invisible ». Et les bébés-phoques, dans *Paris-Match*, vous trouvez pas ça lamentable ? Il y avait au moins trois bouleversés-du-Biafra, la bonne proportion, pour une table de Noël. Et puis, si vous voulez mon avis, l'union de la gauche en France, c'est une u-to-pie !

José ne tenait plus en place et, tout à coup, dans un silence, sa voix s'éleva :

« Tu déconnes, mon chéri ! »

La femme du juge en avait lâché sa fourchette.

A l'entrée de Poitiers, Rambot gara le camion derrière trois autres camions et invita José à une petite choucroute qui devait les « tenir » jusqu'au matin. Quand ils roulèrent à nouveau sur la route noire, Rambot déclara :

« Et alors, la suite ? Moi, ça me remplace « Route de nuit » !

— La suite, dit José, c'est simple. Je me suis engueulée avec Alain, et Marie-Rose, au lieu de s'occuper de ses oignons, a pris sa défense, disant que si je n'arrêtais pas d'embêter ce *pauvre* Alain, un jour j'aurais ce que je mérite, qu'Alain rencontrerait une fille douce et qu'il me quitterait, que je resterais seule avec mon caractère de chien... Et lui, ce cornichon, pendant ce temps-là, il bouffait ses praires, ravi d'être défendu. « Hein, disait Marie-Rose, hein, « tu pleureras, le jour où il te trompera ? » Alors, j'ai commencé à dire n'importe quoi. Que je m'en foutais. Qu'Alain pouvait bien sauter n'importe qui. Qu'il pouvait me laisser, ça m'était égal. Ce n'était pas tout à fait vrai, mais c'était la colère, vous comprenez ? Et lui qui ne disait rien. Et Marie-Rose qui insistait : « Tu ne t'en moques pas tellement que ça. Il « n'y a qu'à voir la tête que tu fais en ce mo-

« ment ! Ma pauvre fille, tu es au bord des
« larmes ! »

« C'était vrai. Je ne supportais pas d'être
seule en face de ces gens qui rigolaient, sauf
Louis, et attendaient, ravis, ce qui allait se passer. Je tremblais de rage. Je n'en voyais plus
clair. Alors, j'ai été sur le point mais vraiment
sur le point d'envoyer une formidable paire de
baffes à cette bonne femme. A lui décoller le
chignon. J'avais la main qui partait déjà. Et
puis tout à coup, j'ai imaginé ma main sur sa
joue molle, sur cette figure en dégringolade et
les lunettes qui sautaient. J'ai pensé qu'elle
avait cinquante ans et qu'elle était tout de
même la femme de Louis, que j'aimais bien.
J'ai pensé, pour me calmer, qu'elle mourrait
avant moi, qu'elle avait déjà, sur les mains,
les taches de chocolat qui annoncent le début
de la fin. Je l'ai vue, allongée dans une boîte,
comme un maquereau du capitaine Cook.
Alors, je n'ai pas cogné, mais j'ai sauté sur la
table, au milieu des assiettes. J'ai rebondi par
terre et j'ai claqué la porte à toute volée
derrière moi. Après, je suis allée hurler dans
un bois à côté, pour me soulager. »

Rambot, passionné par l'histoire, avait ra-
lenti et il dut rétrograder.

« Ben dis donc, t'y vas pas de main morte,
dit-il, soudain familier. Et alors ?

— Et alors, dit José, qu'est-ce que t'aurais
fait, toi, si ta femme était partie, comme ça,
dans la colère et le chagrin, sans manteau,
dans le froid ?

— Moi, dit Rambot en serrant les dents,

si elle avait fait ça ? Alors là, excuse-moi !
J'aurais sauté derrière elle, je lui aurais mis
une branlée aussi sec et je l'aurais emmenée
se coucher par la peau des fesses ! Et elle s'en
serait pas relevée de trois jours, j'aime mieux
te le dire.

— Oui, dit José, eh bien, ça n'est pas ce qui
s'est passé ! Alain n'est *pas* revenu me chercher. Et quand j'ai eu fini de hurler, je me
suis retrouvée comme une andouille, à claquer
des dents de froid, à tourner dans la lande.

— Pourquoi tu n'es pas rentrée ?

— Pour que tout le monde se mette à rigoler ? Plutôt crever. Et puis, j'avais les yeux
bouffis, j'étais moche. J'étais ridicule, tu comprends ?

— Pourquoi il n'est pas allé te chercher ?

— Justement. Pour ne pas se dégonfler en
face des autres. Pour ne pas avoir l'air d'un
mari amoureux. Ou bien, il a essayé et Marie-
Rose lui a dit de laisser tomber. Que ça me
servirait de leçon.

— Y'a des gars qu'ont rien dans la culotte,
dit Rambot. Moi, je t'aurais mis une danse,
mais je t'aurais rentrée. Et après ? »

Après, José, l'appétit aiguisé par la rage,
avait pensé aux étrilles, aux crabes, aux huîtres qu'elle avait désertés. Elle avait eu des
hallucinations de pain bis, de beurre et de cha-
blis. Elle avait laissé tout cela et elle avait
faim. On ne devrait rompre qu'au dessert. Elle
était seule dans une campagne gelée, à cinquante mètres d'une plage vide, non loin d'une
auberge maudite où des gens qu'elle avait

aimés achevaient de s'empiffrer après l'avoir
abandonnée, livrée à l'hiver, à la tristesse des
pins, au froid et au vent griffant qui escaladait
les dunes avec la marée.

Et puis, elle s'était dit, non sans une sorte
de plaisir vengeur, qu'elle allait sans doute
mourir de froid et d'humidité. Ce qui n'était,
d'ailleurs, pas sûr, avec son énorme santé.
Tant d'années passées sous des chandails, des
chauffe-cœur, des écharpes et des vitamines
vous mettent à l'abri pour longtemps des bron-
cho-pneumonies. Et puis les maladies graves
ne commencent pas comme ça subitement, il
faut au moins deux jours.

Devrait-elle rester ainsi deux jours ? Non.
Alain allait enfin se décider. Il traînait un peu
à cause de sa fierté et puis il viendrait. Très
bien : elle lui ferait payer cher de l'avoir laissée une heure dehors. Elle n'avait qu'à l'attendre.

Alors, elle s'était mise à courir en rond, au
petit trot, pour se réchauffer. Le vent cavalait
sur la lande, et les arbres tordus vers la terre
indiquaient qu'il s'agissait là d'une vieille habitude. Dans une brèche de sable, on voyait
une lame d'outre-mer bordée d'ocre mouillé :
l'océan. Et le soleil, déjà, descendait entre les
sapins.

Une angoisse sournoise commençait à nouer
sa gorge et, pour l'arrêter, José s'était mise à
chanter tout haut : « Il était un petit navire... »
Mais le petit navire passait mal dans sa voix
et la chanson triste dégringola sur « ... ja, ja,
jamais navigué, ohé, ohé... »

L'auberge fumait, là-bas, et Alain ne venait pas. José s'était mise à marcher dans la lande, un pas par-ci, trois pas par-là, pour lui donner le temps d'apparaître. Elle avait le dos légèrement voûté des grandes filles qui furent longtemps honteuses de dépasser les autres, dans les rangs. Il y avait, dans sa silhouette, quelque chose de plus en plus mal fini, de plus en plus déglingué.

Puis, des idées bizarres lui étaient venues. Elle attendait qui ? Elle attendait quoi ? Elle avait chaud et froid et, d'instant en instant, il lui semblait que quelque chose se décrochait en elle, comme si sa vie se nettoyait par le vide.

Elle était arrivée sur la plage, à la limite du sable sec. Là, elle avait eu une tentation vertigineuse : mourir pour embêter Alain. Elle n'avait qu'à marcher là, tout droit dans les premières vagues, et avancer encore jusqu'à ce que l'eau glacée la saisisse tout entière. Elle avait vu ça, dans un film anglais. Une mort drôle, pudique, terrifiante. Un joueur de golf qui entrait dans un lac et marchait, marchait, jusqu'à ce que, seule, sa casquette flotte à la dérive.

Il fallait surtout éviter de nager pour que *ça* ne dure pas trop longtemps. Difficile. Il paraît que l'on ne peut s'empêcher de le faire, même en sachant que tout est perdu, alors qu'il faudrait étouffer le plus vite possible, la bouche ouverte à la mer.

Les autres se décideraient tout de même à venir la chercher, la nuit venue. Ils s'affoleraient enfin. Il y aurait des gendarmes, des projecteurs, des bateaux à moteur. On allait crier son nom dans le noir, mais personne, évidemment ne répondrait.

Et José s'était avancée vers la mer, passionnée par les détails de la bonne farce qu'elle préparait. Elle les voyait tous, alignés sur le rivage, au petit matin. Alain aurait les traits tirés, la pomme d'Adam en folie. Personne ne songerait plus à rire, cette fois. Plus tard, l'un d'eux trouverait une de ses chaussures et son chandail bleu.

Alors, d'un coup de pied, elle avait envoyé promener un de ses mocassins, ôté son chandail qu'elle avait jeté. Elle n'avait plus froid.

La marée suivante la déposerait sans doute sur la frange de saloperies qui marquait la montée du flux et c'est Alain qui la découvrirait au milieu des bouts de bois, des os de seiche et des varechs. Il la verrait les yeux ouverts et le ventre rond et il en garderait un souvenir impérissable.

Peu à peu, elle était entrée dans l'eau jusqu'aux chevilles. Elle avait attendu une vague, mais avait évité la suivante. C'était trop froid, décidément. C'était trop. Les lâches ont la mémoire courte : Alain trouverait encore le moyen de se faire plaindre. On dirait qu'il n'avait pas eu de chance, le pauvre, d'épouser une gamine déséquilibrée qui avait fini par se suicider.

Et pouvait-elle mourir ainsi, elle, José, semblable à ces bonnes femmes délaissées qui ne trouvent pas d'autres arguments pour se punir, que d'avaler la mort, en cachette, ou d'ouvrir le gaz ? Non, elle avait envie de vivre plus que jamais et il lui avait semblé que, curieusement, chaque accès de dépression traversé depuis qu'elle était sortie de l'auberge, loin d'affaiblir sa volonté, lui avait redonné un élan.

Cette fois, elle avait ramassé sa chaussure et son chandail. Le soleil était descendu juste à la cime des arbres, tout rond, tout rouge. Un soleil pour personne vivante.

Tout à coup, une silhouette était apparue entre les dunes. Alain ? Non. Un homme qui vaguait sur le sable et ramassait des choses.

Alors José, subitement, s'était juré que, quel qu'il soit, elle l'accueillerait aimablement. S'il essayait de l'embrasser, elle se laisserait faire. S'il voulait la prendre, là, elle lui ouvrirait ses jambes. S'il voulait l'emmener, elle le suivrait. C'était sans doute un paysan ou un pêcheur. La silhouette était jeune. Il avait des épaules carrées, sur le ciel orange.

Voilà, elle était prête à recevoir n'importe quelle douceur, n'importe quelle chaleur. N'importe qui. Elle voulait que des bras se referment sur elle, que des yeux la regardent. Elle voulait une voix, elle voulait des mots.

Tout de même, elle s'était sentie intimidée, lorsqu'il s'était dirigé vers elle. Il s'était arrêté pour la regarder. Ses cheveux volaient et il attendait, lui aussi. Alors José, bravement, avait fait quelques pas, et tout à coup, elle avait vu son regard hébété, le filet de salive qui s'échappait de sa bouche. Il riait comme un enfant bête et glissait sa main vers sa braguette.

José avait couru longtemps. Non par peur, car le type lui avait semblé plus grotesque que dangereux, mais par un besoin de mouvement. Il ne l'avait même pas suivie.

Et elle avait eu subitement un peu mal au cœur et envie de rire aussi. C'était vraiment dommage de n'avoir personne à qui raconter cette ironie du sort : j'attendais un soupirant, il me tombe un satyre !

Elle était remontée vers l'auberge, en se dissimulant derrière des touffes d'ajoncs, progressant à la manière des soldats, des Indiens, galopant à découvert, reprenant souffle derrière les arbustes et les monticules.

Elle avait remarqué, la veille, une petite porte dans une arrière-cour, qui ouvrait près des cuisines et débouchait sur l'escalier. Elle allait prendre ses affaires sans qu'on la voie et s'en aller sans prévenir personne.

Il faisait presque sombre à présent et José s'était glissée le long du mur, jusqu'au bord d'une fenêtre allumée. Ils étaient tous là, dans le salon. Il y avait, près de la cheminée, les vestiges d'un thé sur une table basse. Elle avait vu Louis qui lisait, le dos tourné ; Marie-Rose qui se berçait dans un fauteuil à bascule, en parlant à quelqu'un. Alain, lui aussi, tournait le dos à la fenêtre. Il jouait au gin-rummy et José avait même remarqué qu'il avait une belle suite en main.

Ainsi, ils étaient là, tranquilles, et ne se préoccupaient pas d'elle. Si j'étais morte, avait-elle pensé, ils continueraient à jouer au gin, en digérant leur thé !

Alors, elle s'était glissée sous la fenêtre à quatre pattes, avait tourné le coin de la maison et disparu par la petite porte. Elle avait dû se cacher pour éviter une servante qui traversait le hall. José s'était sentie cambrioleuse. Cambrioleuse ?

Elle n'avait que quelques minutes pour mener à bien le projet qui venait de lui traverser l'esprit. Elle allait tous les voler, parfaitement, tous ceux qui avaient ri.

Les unes après les autres, elle avait visité les chambres, fouillant les sacs, les poches. Elle avait pris trente mille francs ici, cinq mille là ; brisé, faute de mieux, un flacon de parfum chez Marie-Rose qui avait emporté son sac avec elle. Elle avait délesté Alain d'un chèque en blanc : sa signature était facile à imiter. A Louis qui n'avait pas ri, à Louis dont l'œil s'était même attristé pendant sa déconfiture, elle n'avait rien pris. Elle avait même perdu quelques minutes à l'un de ces raffinements qui sont le fait des malfaiteurs amoureux de défi : avec un tube de rouge à lèvres elle avait dessiné un baiser sur son oreiller, une grande bouche rouge et ajouté : JE T'AIME, VIEILLE BADERNE.

Puis elle avait enfilé son manteau, hésité à prendre son sac et décidé, finalement, qu'on était mieux, les mains nues, *pour partir dans la vie*.

Quand elle était arrivée à la route, un soleil énorme, rond et rouge, venait de tomber dans la mer. Un soleil de dessin animé que les enfants appellent : rouge ballon. Mais l'enfance, elle aussi, venait de tomber dans la mer.

« Tu ne dis rien, dit Rambot, ça ne va pas ?

— Mais si, dit José, ça va. »

« Tu ne crois pas que tu ferais mieux de leur téléphoner pour leur dire que tu les attends à Paris ?

— Jamais, dit José. Je ne veux plus les voir.

— A quoi penses-tu alors ?

— C'est idiot, dit José, à mon chien. J'habitais à Louveciennes, tu sais. J'avais une maison, un jardin, des pommiers, une pelouse et des taupes, un banc qui s'enfonçait d'un pied dans l'herbe. J'avais des livres, un piano, une chambre bleue avec le soleil qui m'éclaboussait la figure tous les matins et aussi un grand chien bête qui me sautait dessus avec ses pattes sales. Et, vois-tu, j'étais justement en train de penser qu'il ne me sauterait plus dessus. Et je me disais aussi que, quand on est mort, les chiens ne vous sautent plus dessus.

— Oh ! Oh ! dit Rambot, ça va pas chez toi, hein ? Et qu'est-ce que tu vas faire, maintenant ?

— Sais pas, dit José. On va voir. »

C'ÉTAIT avant Rungis et les cafés de la rue Berger se levaient en pleine nuit. Il y avait au moins deux heures que José était assise sur la banquette du fond, en attendant Rambot qui, par une pudeur curieuse, l'avait déclarée sa cousine.

Et voilà que José, tout à coup, avait envie d'être là, à la place de la grosse Marcelle dont les gestes précis dénotaient une science de la vie, une adaptation parfaite et immédiate à n'importe quelle éventualité. Et vingt qui font cent ! Les doigts couraient sur les touches et le tiroir à monnaie s'ouvrait d'un coup de poignet, mine de rien. José, fascinée, suivait la main qui retournait des ronds de carton, glissait des sous dans la soucoupe et rajustait un peigne dans son indéfrisable.

Cette femme lui semblait vivante, utile à la société et d'une habileté admirable. Elle savait faire dix choses à la fois, commandait un pâté pour Robert et puis, ah ! ce qu'il m'agace, allait faire le sandwich elle-même, tartinant la baguette furieusement... Est-ce qu'on avait la facture ? Et pourquoi Jojo n'avait-il pas encore rentré ses caisses ? Elle trouvait encore le temps de constater que l'hiver était long.

Il y eut de l'angoisse au soleil levant. Les hommes revenaient en s'épluchant le creux des mains et Marcelle ne savait plus où donner de la tête pour les servir tous, en même temps.

José se trémoussait. Que faire, mon Dieu, que faire ? On la regardait, on la jaugeait, on se la désignait, on lui parlait à la cantonade, pas franchement, sans la regarder. Qu'est-ce que c'est que cette rousse mal peignée, en peau de mouton, qui vient regarder travailler les autres ? Hippy et compagnie... Alors mon petit lapin, elle est pas belle, la vie ?... Qui c'est qui veut un petit homme ?

Le premier qui me touche, pensa José, je lui fous mon verre dans la gueule !

Evidemment, elle pouvait aller chez Lili Boudard. Retourner chez sa mère, ça se fait. Ça se fait même souvent. Elle l'entendait d'avance. La même voix qui surgissait de ses rages d'enfant, quand les verres d'eau, les claques, l'internement dans une chambre noire et la fatigue étaient venus à bout de ses forces... « Pourquoi te mettre dans des états pareils ? Tu n'es pas heureuse, ici ? Pourtant tu as chaud, tu es bien soignée, tu as ta chambre à toi, tes livres... Tu ne te rends pas compte !... Il y a en ce moment des enfants qui, des petits Chinois que, tiens, j'ai vu dans le journal... Mais que te faut-il donc ? Je vais finir par croire que tu es complètement déséquilibrée... Pourtant, nous n'avons rien à nous reprocher : ton éducation, tralala, exemple, ton père, moi-même, sacrifices, patience, qu'est-ce que j'ai fait au Bon Dieu ? »

Est-ce que c'était possible d'aller, maintenant, lui dire : je suis paumée, ne m'en demande pas plus, caresse-moi, chante-moi un ronron ? Et poser ma tête sur ses genoux pour sentir sa main dans mes cheveux et sa voix qui dit que c'est fini, fini, fini. Que le pansement est mis, les amygdales enlevées, la peur conjurée, le mari effacé et qu'il reste toute la vie pour rire ? Non, ce n'était pas possible.

Les mères, ça existe, pourtant ! José en avait rencontrées parfois, chez des amis et même dans des lieux publics. Il y en avait de grosses et de mal foutues, des maigres et des souriantes, des pieuses et des gaillardes, des avancées et des attardées, de vieilles gamines ou des vieillardes précoces, des stars ou des bonnes, des variqueuses et des envisonnées, des victimes ou des triomphantes mais toutes avaient la tripe apparente. Même les plus bêtes, celles qui ne comprenaient rien, dégageaient au moins une chaleur animale, une faculté d'apaisement dont Lili Boudard était absolument dépourvue.

Au contraire, elle avait l'instinct de la sécheresse et ses moindres réactions étaient à l'image de sa personne : pauvres. Pauvres cheveux trop fins, pauvres lèvres minces, pauvres petits os anguleux.

Que peut-on dire, quel réchauffement attendre, d'une personne qui ne s'assoit jamais qu'en posant un minimum de fesse au bord des sièges ? Qui n'aime que ce qui est dépourvu de générosité : l'eau minérale et les diamants, les petits-beurres et le quant-à-soi ? De quelqu'un dont le sens le plus développé est celui de l'hygiène et dont le geste le plus familier consiste à passer un doigt sur les choses pour contrôler leur propreté (elle n'ose se livrer à la même enquête sur les gens mais son regard en dit long) ?

Même la source d'argent familiale était monstrueuse si l'on voulait bien y songer : une usine qui fabrique des pièges ! Une bonne affaire partie de son grand-père à elle, Lili Boudard. Quand José était petite, on lui donnait des piles de prospectus du « Piège perpétuel », pour faire ses brouillons sur les versos blancs. Une fois, une seule, elle avait lu l'autre côté où l'on vantait l'invention diabolique de la *Ratière* et de la *Souricière perpétuelles* qui fonctionnaient aussi bien cachées dans la paille que sous un meuble et prenaient des rongeurs indéfiniment. Sous les médailles gagnées dans les expositions figuraient toutes sortes de variantes meurtrières : la ratière à calotte perfectionnée qui tuait l'animal en l'empêchant de toucher à l'appât, l'assomme-taupes, le pince-oiseaux espagnol, le coince-renards à engrenage ou à palette, les trébuchets simples et doubles ou la ratière dite anglaise, à deux entrées, pour les couples unis sans doute.

Les articles de ménage que fabriquait accessoirement l'usine, n'avaient pas l'air moins pernicieux. Le gratte-pied faisait figure d'instrument de torture, la pince à linge semblait prête à se refermer sur les doigts et le pliant conçu justement pour pincer le derrière qui allait se poser dessus.

Les objets du « Piège perpétuel » empoisonnaient les problèmes et les rédactions, à travers le papier. José trouvait même à la monnaie que Lili Boudard lui confiait pour aller faire des courses un relent de souris et de taupes en agonie. Lili Boudard s'était fâchée. Elle n'aimait pas qu'on insulte la mémoire de grand-papa Serrin, inventeur du « Piège perpétuel ». Qu'est-ce que c'était encore que cette histoire d'odeurs ?

José avait longtemps considéré cette mère avec un sentiment mélangé de honte et de colère. Lili Boudard était inavouable. Elle avait pesé comme une tare, une tache, un péché sur sa vie. José n'avait jamais amené d'amis chez elle et elle crevait de jalousie lorsqu'elle entendait les autres parler avec amour de leur mère à eux.

Le moyen de faire autrement, quand Lili déversait ses vérités premières et ses poncifs qui lui tenaient lieu de pensée ? Elle disait qu'il ne faut pas lécher la peau des oranges qui ont été touchées par des Nord-Africains, que l'argent ne fait pas le bonheur mais que les chevaux se battent quand il n'y a pas de foin au râtelier, que le froid sec est sain et que la France s'est drôlement redressée. Et combien de fois l'assassine avait-elle promis, à José enfant, de lui mettre du plomb dans la cervelle ?

Et cette façon de prendre à témoin les autres, en quêtant l'approbation, du regard.

« Qu'est-ce que vous voulez que je vous dise, maintenant, on est bons à jeter aux chiens mais moi, je peux te dire, ma petite fille, que nous avions autrement de courage et de force morale que vous autres !... Votre façon de vivre me dépasse... Ainsi, pourquoi aller se promener à l'étranger, alors qu'on a la France, là, si belle... Est-ce que tu connais seulement les châteaux de la Loire ? et les gorges du Verdon ? »

Le monde était partagé entre les gens qui étaient *bien* et ceux qui ne l'étaient pas. De ces derniers, il convenait de parler en pinçant les lèvres, avec une certaine jubilation et des mots d'une retenue foudroyante. Le pire adjectif était *spécial*. Exemple : la petite madame Machin est *spéciale*. Ce qui signifiait en clair : c'est la reine des putes, elle vit au-dessus de ses moyens, montre ses jambes sans varices et nous méprise.

Et l'autre, celui qui avait choisi une crise cardiaque spectaculaire pour se tirer de la grisaille conjugale, était devenu « votre pauvre papa ». On lui rendait des hommages annuels à la Toussaint. « J'ai été changer les hortensias de votre pauvre papa. » Suivaient généralement des considérations intéressantes sur la solidité comparée des monuments funéraires et leur facilité d'entretien.

« Tu vois, les Pierron, en face (en face, c'est-à-dire de l'autre côté de l'allée), ils ont *tout* refait en balmoral rose de Finlande, pour le petit Jean-Pierre. C'est flatteur, si tu veux, mais moi, je suis pour le classique. Le granit poli de ton père n'a pas bougé depuis quinze ans. Ça résiste à la pluie, ça ne prend pas les mousses, c'est net. Un coup d'éponge deux fois par an et c'est tout... A propos, José, tu n'as pas encore été sur ton pauvre papa, cette année. Est-ce que tu aurais le cœur sec ? »

Alors, José pianotait, bâillait, à s'en rendre l'œil brillant et, parfois, explosait. Un jour, elle avait éventré un oreiller. Plusieurs portes de la maison fermaient mal, ébranlées par les coups de pied. Ou bien José disparaissait pendant plusieurs heures. Elle allait embrasser des télégraphistes sous des portes cochères. On le répétait à Mme Boudard. Et celle-ci gémissait :

« Si c'est ma mort, que vous voulez, dites-le... »

Vous, c'était elle, José et son frère Sylvain. Lui, pourtant, était calme. Pas bête, mais bizarre, sournois, silencieux. Il se recroquevillait dans sa chambre. Il jouait du piano, les yeux fermés, très beau, très pâle, pendant des heures. Quelquefois, pourtant, il ricanait nerveusement, soulagé par les insolences inouïes de José, ses ripostes, ses tornades. Sylvain dormit avec son ours jusqu'à quinze ans mais il ne commença à se farder les yeux que beaucoup plus tard.

La tête qu'elle avait faite Lili, quand José, un soir lui avait dit : « Eh bien, voilà, je vais me marier ! » Elle bafouillait. « A dix-sept ans ? Mais avec qui ? »

José avait expliqué que c'était un vieux de vingt-sept ans assez formidable qu'elle avait rencontré chez Truc. Intelligent, bel homme, de l'avenir dans les ordinateurs, t'inquiète pas.

En fait, José était assez flattée qu'on l'ait demandée en mariage. Elle avait dit oui, parce que c'était amusant, à son âge, d'avoir une alliance, d'être appelée madame et tout. Et puis, elle n'avait pas tellement d'autres solutions pour se tirer de chez Lili Boudard qui la menaçait toujours des « recherches dans l'intérêt des familles » dès qu'elle rentrait avec une heure de retard.

Alain était doux, empressé. Il se penchait sur elle et l'embrassait sur la bouche, la langue entre les dents, José s'était dit que quelque chose de nouveau commençait : elle allait se mettre à l'aimer, ça se déclencherait tout d'un coup, l'extase et tout le tremblement. Elle pensait très fort en s'appuyant la main sur les yeux, en se fixant dans les glaces : je suis amoureuse d'Alain, je suis fiancée avec un homme que j'aime. C'était agréable.

Pendant trois mois, elle avait tourné un diamant à sa main gauche que Lili Boudard lorgnait, un peu jalouse et scandalisée de voir une bague aussi précieuse sur les doigts enfantins de sa fille.

« Tu ne devrais pas le mettre tous les jours, disait-elle. Retire-le pour te laver les mains et garde-le dans ta bouche. J'ai perdu mon émeraude en me lavant les mains dans un restaurant. »

Sylvain, lui, faisait la gueule et disait que

cette bague lui allait comme un tablier à une vache.

« Avec tes ongles rongés, ma pauvre fille ! »

José écrivait des lettres qui commençaient par « Mon amour », Alain répondait : « Ma petite fille chérie... » et ils allaient se promener sous les arbres du Luxembourg, les doigts mélangés. C'était ça, l'amour.

C'était ça, l'amour ? L'amour défendu, fameux, enivrant dont on parle dans les livres, les chansons, les drames ? C'était ça l'amour que les adolescentes traquaient comme des folles dans les yeux des lycéens et même dans ceux des pères de famille que l'on rencontre dans la rue, à l'heure du pain ?

Il y avait, évidemment, le versant inconnu de ce problème, ce plaisir délicieux, effrayant, au seuil duquel José était restée, lors de ses équipées télégraphiques.

Béatrice et Marie-Claude, par exemple, en étaient baba. José les intimidait un peu, à présent. Elle était une personne fiancée et cela l'éloignait d'elles.

Le jour de son mariage, Marie-Claude, la plus hardie, dit à José :

« Tu me raconteras comment c'est. Tu me diras tout. »

Et José avait promis.

Deux semaines plus tard, Marie-Claude avait reçu une carte postale des Canaries. D'un côté, il y avait une mer bleue et de l'autre ces mots : « Ce n'est pas formidable. José. »

ACCOUDÉ à la caisse, Rambot a parlé pendant près de dix minutes avec la grosse Marcelle et José a compris, à leurs regards, qu'il s'agissait d'elle. Puis, Marcelle a écrit quelques mots sur une feuille d'addition Martini. La petite n'avait qu'à aller chez Lucie Delfeuille, avenue Reille, parc Montsouris. Lucie, c'est une copine de vingt ans. Pendant la guerre, on passait des moutons entiers dans des cartons à chapeaux et je l'ai cachée trois semaines à la Libération pour qu'elle soit pas tondue. Bref... Ta copine sera tranquille chez elle. Pension de famille, tout régulier. C'est pas jeune-jeune mais c'est sans histoires. T'es sûr qu'elle est majeure, au moins ?

José est partie avec le papier dans son poing et son poing dans sa poche. S'est trompée de ligne de métro. A bien changé à Châtelet mais s'est retrouvée sur Charenton au lieu de Mont-parnasse-Bienvenüe. S'est assise, accablée, sur un banc du quai Bastille, le front contre un distributeur de bonbons.

Voilà, on a le courage de sauter sur les tables, de quitter un mari, de passer la nuit dans un camion, de prendre son petit déjeuner parmi des bouchers inconnus et, tout à coup, on s'effondre pour rien, pour une station manquée, par manque de sommeil, parce qu'on a les ongles noirs.

Tournent les bruits, les lumières, les miasmes du souterrain. Il y a, sur les murs, des sourires monstrueux de ménagères qui ont trouvé le bonheur dans la lessive ou qu'une machine à tambour fait jouir. Il y a des couples qui rigolent sur des matelas aérés. Des enfants modèles qui pissent dans la cellulose, se bourrent de pain d'épices et de jus de fruits. Et les rames passent, crissent, stoppent, vomissent des êtres gris, puants, mécanisés, qui filent comme des rats vers les correspondances.

José serre les dents. Si elle s'évanouit, les êtres gris vont se précipiter sur elle pour la *regarder*, car le spectacle d'un être à terre leur est un fortifiant de choix. Ils se mettent en rond tout autour et leurs yeux pompent la vie sans défense qui se trouve à leurs pieds. C'est consolant. C'est bon pour les hémorroïdes, pour les cassures, pour les échecs.

Il y a toujours des êtres gris pour vous voir mourir au bord des routes ou pour vous regarder flancher dans les rues. Ils posent des doigts furtifs au bord des civières, ils suivent des yeux les ambulances. Ils ont des journaux en noir et en couleurs, avec du vrai sang frais dans les pages. Et puis du cinéma. Ils s'alignent sur les trottoirs, dans le froid, sous la pluie, pour aller voir les vieux charniers de

Dachau à la séance de huit heures. Faute de mieux, ces vieilles exterminations font toujours recette. C'est vachement mieux que les fesses de Jane Birkin dont la bonne santé chiffonne la morale. Alors, les êtres gris emmènent leurs enfants aux charniers. Parce que, n'est-ce pas, *il ne faut pas que ça recommence... Il faut informer la jeunesse... personne n'a le droit d'ignorer ça...* A la sortie, on cause en famille. Il faut causer à ses enfants. Ça permet d'être copain avec eux, ça rapproche les générations, il y a un contact, quoi...

« Dis, papa, pourquoi ils tuaient les juifs ?

— Parce qu'ils étaient juifs.

— Mais comment ils faisaient pour en tuer tant à la fois ?

— T'as pas vu, non ? Ils les affamaient puis ils les mettaient dans des chambres à gaz et puis ils ouvraient le gaz. C'est pas sorcier...

— Et puis, dit la maman, ils faisaient des abat-jour avec les peaux de fesses.

— Une fesse par lampe, ou plusieurs ?

— Oh ! ce qu'il est bête, cet enfant ! T'avais qu'à écouter le film !... t'as qu'à regarder l'abat-jour en parchemin du salon. Y'a des coutures. »

Lucie Delfeuille s'est méfiée tout de suite, quand elle a vu entrer José, rousse et mal peignée, le teint blême, sans valise. Mais si elle était envoyée par Marcelle, ça changeait tout (elle tourne pas rond, quand même, de m'envoyer des gamines dans cet état !).

Elle a fait entrer José dans le salon, pour lui dire que toutes ses chambres étaient prises, louées à l'année. « Je ne fais pas hôtel, je fais pension. »

Et voilà l'autre qui s'effondre, larmes et tout, les mains dans la figure. Elle dit qu'elle n'en peut plus. Sommeil. Elle dit qu'elle est partie de chez elle, à Louveciennes, à cause de ses parents qui se disputent tout le temps. Sa mère qui court après les hommes et son père qui lui tape dessus... Elle parle d'un copain aux Halles, de Marcelle. Elle a un peu d'argent pour deux mois, et elle va chercher du travail.

Lucie a compris tout de suite : encore une victime d'un foyer désuni. C'est toujours pareil : les enfants qui trinquent. Elle a vu ça dans un film, l'année précédente, rue d'Alésia. Bon. On peut pas la laisser comme ça. Il y a la chambre du grenier, mais sans vue sur le parc. Et pour la toilette, il faudra descendre. C'est tout ce qu'elle peut offrir en attendant. Le dîner est à sept heures et demie.

Plus tard, José s'est demandé d'où lui était venue cette histoire de parents en bagarre. Comme ça. C'est un mensonge qu'elle a fait spontanément et, pourrait-on dire, diplomatiquement. José a un don de séduction qui consiste, entre autres, à trouver d'instinct le point faible des gens pour y concentrer des forces d'agression sentimentale.

Si elle avait flairé en Lucie Delfeuille la vieille suffragette amère prête à partir en croisade, elle l'aurait immédiatement intéressée au cas d'une jeune fille mariée trop tôt à un imbécile prétentieux qui aurait entrepris d'étouffer sa personnalité.

Mais Lucie Delfeuille, avec sa cinquantaine rondelette, ses deux alliances au doigt, ses frisettes naïves et ses yeux ronds, évoquait plutôt la mémé sentimentale que la vie avait quelque peu chiffonnée sans lui ôter son pouvoir d'émotion de roman-photo. La fuite d'un domicile conjugal l'aurait, sans doute, effrayée.

Les jours qui ont suivi ont confirmé Lucie dans le bien-fondé de son accueil. Celle que les pensionnaires n'appellent plus que « la jeune fille d'en haut » n'est pas dérangeante. Elle fait son lit, balaie sa chambre, entre et sort sans bruit.

Débarbouillée, coiffée, elle est assez jolie, le teint très clair mais la bouche vive et les yeux bleu foncé. C'est une grande perche qui a besoin de s'étoffer et Lucie, d'office, lui rajoute des portions dans son assiette.

L'arrivée de José a réveillé la vieille maison. Lucie a changé les rideaux du salon et elle commande de nouveaux plats à la cuisine. Et puis, elle bavarde avec José et l'aide à cocher les annonces dans les colonnes des journaux.

Elle cherche une place de vendeuse dans une librairie ou un magasin de disques. Vraiment, elle n'a pas d'amoureux, s'étonne Lucie ? Elle dit non.

Mme Delfeuille est curieuse à la folie, mais la vie de la maison lui offre peu de satisfactions. Les pensionnaires ne changent pas souvent. Quand l'un d'eux quitte la maison, tous les autres vont à l'enterrement. Leurs vies sont claires d'avoir été racontées si souvent, si minutieusement. Lucie connaît leurs amours, leurs guerres, leurs trahisons. Elle furète, écoute mais, hélas, elle n'a plus rien à découvrir, ni du côté de Mlle Gartembert, ni chez les Berminier, ni même chez M. Cardot dont elle a raccommodé un jour l'écharpe de franc-maçon. Elle connaît par cœur les revers de la veuve Gouffiat et, seule, Flossie Brooklet l'amuse et la fascine avec ses histoires de revenants, de tarots et de tables qui tournent. Miss Brooklet est la pythie-maison, l'oracle, la sorcière. Elle fait tourner son pendule, interroge les morts avec un alphabet et un petit instrument qu'elle appelle un oui-ja. Les autres la redoutent ou ricanent. Lucie, elle, croit dur comme fer à ses prophéties et s'émerveille de ses mots bizarres et de ses explorations à travers le passé et l'avenir.

Les flics sont arrivés trois jours après, pendant que José était sortie. Elle a compris tout de suite, en rentrant, qu'il se passait quelque chose : Lucie Delfeuille n'avait plus l'air aimable. Pourquoi José lui avait-elle menti ? Ah ! Mademoiselle avait un mari qui la cherchait ? Ces « messieurs » avaient posé des questions, avaient laissé un papier. José devait se présenter au commissariat, dès le lendemain. Mme Delfeuille n'aimait pas beaucoup ces histoires dans sa maison !

« Ça va, dit José, j'irai. »

Un matin arrive une lettre d'Alain. Malheureusement, une phrase parmi les autres saute aux yeux de José... *pour te vautrer ainsi dans l'infamie*... et elle déchire le tout sans aller plus avant. Comment peut-il, à trente ans, employer des mots aussi ridicules ?

Puis, vient un huissier à tête de fouine qui lui remet un papier bleu : il fait sommation à Mme Joséphine Joullay de déclarer si elle est prête à réintégrer le domicile conjugal.

José répond que non.

Puis, un papier blanc annonce à la dame Joullay qu'on lui fait défense de troubler son mari à domicile, ce dernier étant, dans ce cas, autorisé *à faire cesser le trouble, s'opposer à l'introduction de sa femme et la faire expulser même avec l'assistance du commissaire de police et, au besoin, de la force armée.*

Alors, la dame Joullay se met à rire et reprend son nom de jeune fille.

Et voilà que, tout à coup, il ne reste plus que trois billets au fond du tiroir et José se dit froidement qu'elle aurait dû prendre davantage sur le compte d'Alain Joullay. Il faut, il faut *faire* de l'argent, mais comment ? Au début, elle était sûre qu'elle trouverait du travail sans difficulté. Par exemple, dans une librairie ou dans un magasin de disques. Elle est donc allée où l'on demande des vendeuses, les cheveux sagement tirés dans une barrette, avec son air le plus jeune-fille-comme-il-faut et débordant d'une bonne volonté absolue mais elle s'est vite aperçue que le monde tourne sans elle. Personne n'a voulu d'elle. Pas de certificats, jamais travaillé ? Impossible, mon petit, nous ne prenons pas de débutantes. Non rue La Boétie, non avenue Mozart, non boulevard des Italiens. Suspecte, la jeune fille aux yeux trop droits. Pas assez d'humilité dans les épaules.

Mais comment donc fait-on pour débuter, si l'on ne prend de débutantes nulle part ? Un jour, José éclate au nez d'une vieille libraire qui lui montre la porte. Ce n'est pourtant pas très malin d'aller chercher un livre dans un rayon, d'en expliquer le contenu et de rendre la monnaie !

« Pas si simple, répond la vieille. Mais quelle culture avez-vous ?

— Je me suis beaucoup ennuyée dans mon enfance, dit José, j'ai donc beaucoup lu. Vous ne voulez tout de même pas que je vous donne le compte des titres ?

— Mais je ne veux rien, mademoiselle ! Je ne vous ai pas appelée. Je cherche une vendeuse qualifiée. »

Même jeu chez les disquaires et José repart, trahie par les livres et par la musique, humiliée d'être déclarée indigne des tiroirs-caisse.

A défaut d'apprentissage professionnel, elle fait celui de la pauvreté. L'unique jupe qu'elle s'est achetée en arrivant à Paris porte des traces luisantes et son chandail est clair aux coudes. Elle hésite, maintenant, à entrer dans un café quand elle a soif et fume ses gauloises jusqu'à l'extrême mégot. Un orage éclate sur elle au milieu du pont des Arts et sa chaussure droite, percée, s'emplit d'une eau noirâtre qui lui teinte le pied jusqu'à la cheville. Et comment annoncer à Lucie Delfeuille qu'elle ne sera pas payée le mois suivant ?

José rentre à la pension et rencontre Miss Brooklet dans l'escalier. La vieille Irlandaise touche ses cheveux mouillés et lui propose une tasse de thé. C'est la première fois qu'elle lui adresse la parole.

José suit Miss Brooklet dans sa chambre. Celle-ci met de l'eau à bouillir sur un réchaud qu'elle dissimule car Lucie Delfeuille interdit qu'on fasse la cuisine dans les chambres. Soudain, elle se tourne vers José :

« Et qu'est-ce qui ne va pas chez vous ? demande-t-elle, sur le ton de Charles Stewart Parnell interpellant la Chambre des Communes.

— Beuh... » dit José.

Miss Brooklet verse l'eau dans la théière et José s'aperçoit tout à coup que la vieille dame regarde fixement dans sa direction mais juste un peu au-dessus de sa tête. Un reflet de sourire passa sur le visage frippé. Puis, Miss Brooklet cesse de regarder en l'air et revient à son thé.

« Votre guide est là, dit-elle.

— Mon quoi ?

— Votre guide, répète Flossie Brooklet. Derrière vous. C'est un vieux monsieur qui vous protège. Il a ses mains posées sur vos épaules, en ce moment même. »

Un coup de froid traverse José depuis la nuque jusqu'au creux des genoux.

« C'est... c'est mon père ?

— Non, dit Flossie. Ce n'est pas votre père, mais un oncle à vous qui est mort quand vous étiez petite. Il vous aime beaucoup et il vous protège.

— Comment voyez-vous cela ? demande José, prise d'un rire nerveux.

— Je vois tout, je sais tout, dit Miss Brooklet d'une petite voix tranquille. Et je vais vous parler encore. »

Elle verse posément le thé dans les tasses, chausse ses lunettes et prend un paquet de tarots sur la cheminée. Puis, elle pousse le sucrier, fait couper les cartes à José et commence à étaler les images sur la table. Elle reste un long moment en contemplation puis tapote plusieurs cartes du bout du doigt, comme si elle les comptait, regarde José par-dessus ses lunettes en hochant la tête et recommence son manège.

« Alors, dit José, alors quoi ?

— Oiseau d'orage, répond Flossie, oiseau qui vole à la rencontre du tonnerre, oh ! *my goodness me !*... elle va, elle va, elle marche sous des lumières... il y a tant de gens, pourquoi la solitude ?... »

Miss Brooklet, à présent, semble avoir oublié complètement la présence de José. Elle ne la regarde plus et parle aux images étalées devant elle, revenant sur certains mots, comme pour les faire comprendre à un interlocuteur sourd et stupide, se contredisant et rectifiant ses propres paroles.

« ... il fait chaud, dit-elle. Elle marche dans une rue chaude... et je vous dis, moi, que c'est très loin, très loin d'ici... La mort est cachée dans les bijoux et elle ne le sait pas... *My god !* elle est tirée d'affaire...

— Où ? Où ça ? » crie José excitée.

Miss Brooklet lui fait signe de se taire et continue.

« ... les pays de soleil... Il y a des hommes, des hommes et puis il y a un homme... Encore une fois, elle se jette dans l'orage mais la chance est là encore une fois et elle, elle ne mourra pas... elle est coupée en deux... mais elle vit très bien. Seulement, voilà, elle est toute seule... »

Alors, Miss Brooklet ramasse les cartes d'un geste rapide.

« Vous ne pouvez pas me parler comme tout le monde ? dit José avec humeur. Je ne comprends rien à ce que vous me dites.

— Je ne comprends pas moi-même dit Miss Brooklet avec un charmant sourire, mais l'avenir a toujours raison.

— Qu'est-ce qui va m'arriver ? crie José. Est-ce que je vais pourrir longtemps dans cette vieille baraque, fauchée comme je suis, avec des souliers troués et personne, personne ?

— Non, dit Miss Brooklet. J'ai vu que vous alliez partir, bientôt.

— C'est tout ce que vous avez à me dire ? Mais partir comment ? Mais partir où ? Je passe mon temps à partir et je n'arrive jamais nulle part.

— Ecoutez, dit Miss Brooklet, écoutez-moi bien... Oiseau d'orage vous êtes et vous serez, mais tant pis. Allez-y, droit dans l'orage, toujours. A côté, il n'y a rien pour vous ! »

José est remontée dans sa chambre en se disant que Miss Brooklet, décidément, est complètement piquée. Pourtant, il lui reste quelque chose de cette curieuse conversation : un élan, une détermination. Comme si les paroles de la vieille Irlandaise avaient dénoué quelque chose dans son embrouillamini. Elle ne sait pas encore quoi, mais elle va le savoir.

La pluie coule en nappe sur le vasistas de la mansarde et donne à la chambre une allure de sous-marin. José entend les gouttes frapper les ardoises du toit. Alors, elle enfile un chandail et se glisse entre ses draps. Puis, accoudée sur son oreiller, elle relit patiemment le journal du matin, à la page des petites annonces. Elle fait une croix bleue sur l'une d'elles. Elle souffle sa bougie. Demain, la vie commencera peut-être à devenir amusante.

LES bourgeoises, souvent, se réveillent tard. Ainsi, on peut dire que Simone Verraque n'avait éprouvé les éruptions de l'adolescence que vers quarante ans.

La belle jeune fille insipide était devenue, vers vingt ans et sans transition, l'épouse soumise et comblée d'un banquier, la parfaite assistante sociale de ce monsieur important qu'était Guy Verraque. Elle s'était glissée dans le mariage comme dans une robe faite sur mesures. Les dîners de Simone étaient parfaits, son salon Louis XVI — superbes copies d'accord, mais entre nous, les experts eux-mêmes s'y perdent — et ses week-ends harmonieux, tout golf, méchoui et piscine bleue, son fils Philippe bien portant. Bref, elle ne créait aucun problème à ce mari très occupé qui savait la remercier de sa précieuse collaboration par toutes sortes d'attentions charmantes et, notamment, par une discrétion parfaite dans ses déportements extra-conjugaux. Simone Verraque était la femme trompée la plus heureuse de Neuilly.

C'est quand le petit Philippe atteignit vingt

ans, commença à s'éloigner d'elle et à prendre
la maison pour un moulin, que Simone se
réveilla. Elle se sentait, pour la première fois
de sa vie, un peu seule.

La solitude donne parfois de l'imagination
aux femmes. Simone, à quarante ans, découvrit
subitement le plaisir exquis d'agiter des idées
et de remettre en question ce qui, jusqu'alors,
lui avait semblé aller de soi. Elle lut, elle
sortit. Elle s'aperçut ainsi que le territoire
social qui avait été le sien depuis toujours,
avait des frontières assez proches, que Billan-
court jouxtait Neuilly et, découvrant l'humanité dans son ensemble, elle se trouva des
responsabilités personnelles.

Son vocabulaire changea et même le son de
sa voix, aggravé d'un ton, s'éleva désormais
dans les dîners à la stupeur générale, pour
proférer des paroles inouïes sous le lustre de
la famille Verraque.

Ainsi, on l'entendit s'étonner que *nous*
(c'est-à-dire les femmes) ne puissions obtenir
un salaire égal à celui des hommes, pour
un travail équivalent dans les usines et même
dans certaines administrations. Elle pronon-
çait également des phrases telles que : « *J'ai
un ami juif que j'adore... Sylvie a rudement
bien fait de divorcer ; ce type l'étouffait complètement...* » Elle accomplissait des progrès
galopants et en vint même, certain soir, à
critiquer nettement la position du gouvernement américain dans « l'affaire » du Vietnam.
Du coup, Guy Verraque, promena un regard
mi-souriant, mi-inquiet sur ses invités, exac-

tement comme un père qui, pour la première fois, entend son enfant dire un gros mot et prend à témoin l'entourage de son innocence et de sa stupéfaction. Où va-t-il chercher des choses pareilles ? Puis, le regard de Guy Verraque s'était arrêté sur Marc Santonel, directeur de cabinet à l'Intérieur. Mais il n'y avait rien à craindre de ce côté-là : Santonel, les mains jointes devant la bouche, souriait avec une indulgence affectueuse aux propos de la jolie Sìmone. Le repas avait été excellent.

Simone poursuivit la reconversion de sa quarantaine, en utilisant pour la première fois sa carte d'électeur. Elle s'abonna à *L'Observateur* et prit même un amant.

Ainsi, elle économisa en masseuses et lotions, le temps qu'elle dépensa en réflexions salutaires — qui assume son siècle n'a pas de cellulite — et quand elle revenait des séances du planning familial, où elle était monitrice, ce qui équivaut pour les femmes du monde moderne aux entreprises charitables de leurs aïeules, Simone Verraque n'avait plus que trente-huit ans et Guy était sur le point de la trouver désirable.

Mais une adolescence, même tardive, ne va pas sans mélancolie. Simone s'aperçut très vite qu'il lui faudrait inventer sans cesse de nouveaux sujets d'intérêt pour meubler une solitude qui ne ferait qu'empirer. Déjà, le planning familial ne l'amusait plus. Il était trop tard pour commencer à travailler. Philippe, son ancien « amour d'enfant », était devenu un jeune homme renfermé et susceptible. Il prenait des airs ennuyés, lointains et disparaissait avec un soulagement apparent vers Sciences-Po, vers des filles ou des pays étrangers, bref, vers une vie fourmillante et inconnue dans laquelle elle, Simone, n'était plus rien.

Parfois, en allant prêcher l'usage de la pilule dans les banlieues, Simone imaginait d'avoir un autre enfant : une petite fille, une petite chose qu'elle garderait longtemps. Puis, elle se disait qu'on a trop de chances, après quarante ans et pour un caprice maternel, d'augmenter le troupeau des mongoliens. Il n'aurait plus manqué que cela ! De toute manière, le problème était résolu, puisque Guy, depuis trois ans, avait pris l'habitude de s'endormir en lui tournant le dos. Et il n'était pas question de faire appel aux bons offices de Gev.

Celui-là, c'était autre chose ! Rémi Gevrey, dit Gev, lui avait fait passer délicieusement tout le printemps précédent. Il était apparu à sa table comme tous les gens qui traversaient la vie généreuse des Verraque : amené par un ami ou l'ami d'un ami.

Simone, dont la génération avait été étourdie par *Autant en emporte le vent*, avait été frappée, dès les hors-d'œuvre, par la ressemblance de Gevrey avec l'irrésistible Rett Butler. Elle avait servi le café avec des minauderies de Scarlett, et les semaines suivantes avaient été aussi passionnantes que l'incendie d'Atlanta.

Les trente ans de Gev lui donnaient du courage : elle pouvait donc encore séduire des hommes jeunes. En même temps, une prudence instinctive lui soufflait de se tenir au bord de l'amour et de prendre cette affaire avec beaucoup de légèreté. Gev pouvait se marier ou disparaître d'une façon ou d'une autre. Souffrir pour un réalisateur de la télévision, même à la mode, aurait été parfaitement ridicule.

Il y a des hommes qui vous font lire, d'autres qui vous font manger. Gev, lui, permit à Simone de découvrir la vie bizarre des fabricants de spectacles. Elle l'attendait sagement dans les petits cafés provinciaux qui avoisinent les studios, de Boulogne aux Buttes-Chaumont, et partageait le casse-croûte des machinistes, qui l'appelaient « mon petit loup ».

Quelquefois, elle venait assister aux tournages, embusquée dans un coin du plateau. Elle apprenait à ne pas marcher sur les fils et à s'asseoir sur des caisses à l'envers. Il y avait une bonne odeur de bois fraîchement scié, de vernis et elle aimait le mensonge des décors qui vous met à l'abri du temps. Cela tenait du navire et du plantage de cirque. On maquillait dans les cabines, on sifflotait au ras du plafond, en équilibre sur des poutres, et les électriciens traversaient des zones de lumière en chaloupant des fesses. L'ordre naissait peu à peu, d'un désordre complet.

Parfois, Simone attrapait au passage des questions obscures formulées en langue inconnue, comme : « Talapelloche ? » A quoi quelqu'un répondait : « Pas plus de douze cents mètres, fais gaffe aux chutes, y'a plus qu'un magasin [1]. »

Gev qui, à Neuilly, ne paraissait jamais très à son aise, prenait ici des airs de chef-pirate. Simone aimait bien le voir déambuler, affairé, la chemise ouverte, aboyant des ordres, cadrant tendrement entre ses mains le gros plan d'une image ou, juché sur la selle d'une caméra comme un servant de canon, ajuster d'un œil ses tirs de lumière.

Le film prenait forme dans des coups de fièvre. « J'ai monté jusqu'à minuit, disait Gev, en se passant les mains sur le front, et il va falloir que je recommence demain. » Et Simone suivait les coupes, les collages, avec des accès de jalousie subite, quand les mains de Gev, posées sur les épaules de la monteuse, ponctuaient d'une pression les ordres de coupe. C'est vrai, elle l'aimait beaucoup mieux ici qu'à Neuilly, où Guy le traitait comme un beau-frère demeuré en lui claquant l'épaule.

« Alors, cette télé, mon vieux Gev, toujours aussi mauvaise ? »

Guy était beaucoup trop malin pour poser des questions à sa femme au sujet de ses absences. Mais quand celles-ci se firent moins fréquentes, c'est-à-dire quand les amours de Gev et de Simone sombrèrent corps et biens dans le ronron de la camaraderie, quand ils commencèrent à se claquer des baisers sur les

---

1. Traduction : As-tu la pellicule ?... N'en use pas plus de 1 200 m. Il ne reste plus qu'une bobine.

joues en public (ce dont ils s'abstenaient jusqu'alors) : comment vas-tu mon chéri-ma chérie ? Simone comprit au soulagement discret de Guy, que celui-ci avait tout de même senti le vent d'une alerte. Indulgent, mais non dépourvu de perfidie, il prononça un soir l'éloge funèbre de cette aventure : « Ce *téléviseur* est un brave type, dommage qu'il ne se lance pas plus... Je vais demander à Santonel de le faire nommer pour la retransmission du voyage à New York. »

En fin de compte, le seul être qui amusait un peu Simone Verraque, en dehors de Guy, était ce Marc Santonel dont la laideur, l'intelligence et l'ambition défrayaient les conversations.

Personne n'aurait pu lui donner un âge précis : entre trente-cinq et cinquante ans. Il était petit, replet, quasi chauve. D'assez beaux yeux mais le nez tordu et la bouche amère. D'assez jolies mains mais la silhouette déportée par un défaut de l'épaule. Le peintre Bango prétendait qu'on l'avait dessiné sans fil à plomb. Pourtant, un charme indiscutable émanait de ce tortillon.

On ne savait rien sur Santonel, on supposait. On supposait qu'il n'avait pas toujours vécu dans l'aisance mais on ne lui connaissait pas de passé. Guy supposait qu'il était franc-maçon mais n'avait pu se le faire confirmer. On supposait que les protections aussi mystérieuses qu'invulnérables dont il était l'objet étaient redevables à sa puissance de travail et à ses capacités de remue-ménage. Même ses pires ennemis, qui lui faisaient crédit d'une élasticité de conscience fabuleuse, n'avaient jamais pu en fournir une preuve convaincante. Santonel était partout, surnageait aux pires cataclysmes, savait tout et en délivrait parfois une partie avec une perfidie virulente.

Directeur de cabinet au ministère de l'Intérieur (titre bien modeste pour les montagnes qu'il était capable de soulever), Santonel, sans famille, sans femme ni maîtresse, avait quasiment élu domicile chez les Verraque et payait leur hospitalité en aidant Guy de ses conseils et de ses prévisions et en animant les dîners de ses saillies souvent aiguës, toujours drôles.

Par un phénomène que personne ne s'expliquait, Santonel passait complètement inaperçu au début d'une soirée et puis, tout à coup, de ricanement en ricanement, il régnait au centre de la conversation, prenait le pas sur les convives qui le dominaient de plusieurs têtes ou de plusieurs milliards et ternissait l'éclat des jolies femmes qui devenaient rêveuses en face d'une laideur aussi fascinante.

« A un tel degré de méchanceté et d'astuce, disait prudemment Verraque, il vaut mieux l'avoir avec soi que contre soi. »

Santonel était, semble-t-il, tout à fait avec lui, et Simone obtempérait sans discuter quand il lui suggérait, avec une étrange désinvolture, d'inviter tel ou tel. Elle avait remarqué qu'il en résultait toujours quelque chose d'intéressant.

Guy, depuis quelque temps, était de mauvaise humeur. Simone s'en apercevait à la façon dont il claquait la porte en rentrant et arpentait la maison, ce qui n'était jamais bon signe. N'avait pas mis les pieds au golf depuis quinze jours. Se bourrait de médicaments. Qu'est-ce qu'il avait au juste ? Cinquante ans ? Du cholestérol ? Des ennuis avec une dame ? Des problèmes compliqués à la banque ? Hargneux, pointilleux, colérique. Il s'en était même pris à Philippe qu'il avait traité de petit con et, c'est un comble, de fils à papa et de ramolli.

Tout ça pour une bagarre d'étudiants, rue Saint-Dominique. Philippe était rentré avec un œil au bleu et un pansement sur la lèvre en balbutiant quelque chose qui ressemblait à « ... Fascisme passera pas... Occident mon cul, etc. » Des mots d'enfant fiévreux. La bagarre avait bien failli recommencer boulevard Maillot, mais Simone s'était interposée comme une Sabine entre Guy et Philippe. Entre le gris écumant et le brun fulminant, en déclarant sobrement qu'on voulait sans doute la faire mourir de chagrin. Et, pour prouver ses dires, elle s'était aussitôt mise à pleurer. Du coup, le fasciste et le progressiste étaient rentrés chacun dans leur chambre.

Et puis voilà qu'un jour, Guy regarde fixement Françoise, la bonne, qui était en train de servir un plat de choux-fleurs. Elle sort de la salle à manger et Guy éclate. Est-il donc si difficile de trouver, à Paris, une fille qui ait un visage convenable pour servir à table ? Est-ce trop demander que de prétendre avoir autre chose que cette mocheté turque pour accompagner ses repas ?

« Elle n'est pas turque, répond Simone, elle vient de Toulouse !

— C'est pareil, dit Guy. Et en plus, elle sent mauvais. Elle me rappelle l'arrivée sur Bruxelles.

— Les femmes laides ont *aussi* besoin de travailler » répond Simone, furieuse.

Alors là, Guy prend tout le monde à témoin de la mauvaise foi féminine. Est-ce qu'il a prétendu un seul instant, priver cette malheureuse de travail ? Non. Mais à cinquante ans, après avoir travaillé toute sa vie comme un bœuf, il estime avoir le droit de réclamer timidement qu'on ne lui pose pas un épouvantail en face de son assiette. Il n'a déjà pas tellement d'appétit. Et il dépense assez d'argent dans le train de cette maison pour qu'on lui accorde cette petite satisfaction. Parce que, pendant qu'on y est, on pourrait aussi lui servir ses repas sur une toile cirée, à même la casserole... Il ne demande pas une Catherine Deneuve, non. Mais simplement une silhouette qui ne soit pas une offense aux lois les plus rudimentaires de l'esthétique. Bref, on n'avait qu'à laisser Françoise à la cuisine et engager une femme de chambre. Cela contribuera, avait-il ajouté à l'intention particulière de Philippe et de Simone, à améliorer le sort de la masse et à diminuer le chômage. Il n'y avait qu'à mettre une annonce.

« Facile à rédiger, dit Simone. En somme, tu veux ceci :

« Demande femme de chambre accorte pour « monsieur difficile. Si moche s'abstenir. Appe- « ler MAI. 47-12. Demander Madame Si- « mone » ?

Au fond, elle était enchantée de trouver un moyen de faire plaisir à Guy. On ne savait jamais quoi lui offrir, d'abord, parce qu'il avait tout, ensuite parce qu'il manifestait rarement une envie particulière. Elle avait donc mis une annonce dans *Le Figaro*.

Les postulantes étaient arrivées très vite et Simone les avait reçues avec l'impression d'être un producteur de films qui fait passer une audition. En une semaine, elle élimina un gros nez, des jambes courtes, des mains moites, une Espagnole (elle enrageait trop quand elle téléphonait chez les autres de se heurter à un a-la-madama-il-é-patisi-si-si-no-lo-sé-il-é-pati...) et un teint véreux. Elle retint presque une petite Normande pas vraiment jolie mais mignonne.

Et puis, un après-midi, se présenta une jeune fille qui avait plutôt l'air, avec sa jupe bleu marine, son chandail gris et ses collants blancs, d'une échappée de Mary Mount que d'une femme de chambre.

Simone, qui croyait aux signes, remarqua tout de suite que le sloughi Titus que personne, à part elle, ne pouvait approcher sans qu'il se mette à grogner de façon inquiétante, était venu s'installer spontanément sur les pieds de la jeune fille et se laissait même triturer la colonne vertébrale avec complaisance.

Non, elle n'était ni étudiante, ni jeune fille au pair. Elle n'avait jamais travaillé. Elle avait quitté sa famille avec laquelle elle ne s'entendait pas. Elle était prête à faire ce qu'on lui dirait. Vingt-deux ans et de longs cheveux épais, magnifiques, luisants, qui donnaient envie d'y promener la main. Comment appelle-t-on cette couleur ? Fauve ? Caramel ? Le teint rose et blanc d'une Irlandaise avec, autour des yeux, sur le nez, des points de soleil. La voix basse, très douce. Grande, longue, un peu maigrichonne. Vraiment jolie, si elle était arrangée. Sept cents francs par mois, elle avait l'air de trouver ça bien.

« Votre travail, dit Simone, consisterait à servir à table, répondre au téléphone, ouvrir la porte, porter le courrier, enfin, vous voyez... Et puis, vous pourriez aussi promener Titus puisqu'il a l'air de s'entendre avec vous. Jusqu'à présent, c'est moi qui me chargeais de ça... Vous aimez les animaux ?

— J'ai eu un chien, dit José, il y a longtemps. »

Le plus tôt sera le mieux. José est allée chercher sa valise à la pension Delfeuille. Taxi payé aller-retour par Mme Verraque. Finalement, la vie bouge quand on se mêle de l'agiter un peu. C'est la mer, les vagues. Il suffit de s'y laisser porter en évitant de les prendre de face, en pleine gueule. Et savoir plonger à temps, couler par-dessous quand il y en a une vraiment trop grosse. A Noël, par exemple, c'est de sa faute si elle a bu la tasse. Et le risque, c'est quoi ? La fin, c'est quoi ? Le pire, c'est quoi ? Un naufrage ? C'est un mot chouette, de toute manière. Ça craque, ça cogne, ça hurle. Il y avait une vieille arrière-cousine dans la famille, réchappée du *Titanic*, et qui racontait ça très bien. « Alors, on a entendu un craquement épouvantable... » José, sept ans, écoutait, la bouche ouverte, voulait tout savoir : les bonnes femmes en robe du soir qui sautaient dans la tempête, les prières, les adieux et l'autre, au piano, qui chantait son cantique. Mourir d'un naufrage, c'est pas mal.

Le taxi dévale les pistes toutes neuves des

quais. L'usine Renault, ancrée au milieu, a l'air
d'un vieux paquebot foutu qui n'arrive plus à
lever l'ancre. Après, Boulogne, Issy-les-Mouli-
neaux, c'est la Belgique. C'est gai comme Char-
leroi. Plus loin, de l'autre côté de la rivière, les
tendres collines de Meudon avec l'ombre d'un
vieil homme qui les a tous possédés avec son
œil sauvage et ses mots au vitriol. Même mort,
il continue à emmerder tout le monde avec sa
tendresse vinaigrée et ses vérités cinglantes.
S'il n'était pas parti si vite, pensa José, je
serais rentrée chez lui, un jour, j'aurais écarté
les chiens et je lui aurais dit : « Ferdinand, je
« vous aime, partons au bout de la nuit. » On
serait allés dans un château en Bavière. On
aurait pris des trains. Et puis, tout à coup, à
la frontière (pourquoi à la frontière ? Des
idées à lui) il se serait inquiété : « Tu ne trou-
« ves pas que je suis un peu vieux pour toi,
« José ? » Et elle : « Pensez-vous, Ferdinand.
« Vous n'avez pas d'âge. L'âge, qu'est-ce que
« ça veut dire ? Si vous aviez vu le connard
« que j'ai épousé, jeune et tout, vous n'en
« auriez même pas voulu pour faire un para-
« graphe ! »

Paris est bleu aux Invalides. Il y a déjà des
lumières.

« Non mais, regardez-moi cet empaffé, dit le
chauffeur en évitant la mort d'un coup de
volant. Y'en a qui mériteraient qu'on descende
pour leur casser la gueule.

— On en finirait plus, dit José. Y'en a trop. »

Une paire d'yeux dans le rétroviseur avec un sourire dans les pupilles. Il dit :

« Vous êtes étudiante ?

— Non, dit José, je suis femme de chambre. »

Lucie Delfeuille s'est mise à pleurer. Pourquoi ce coup de tête, mon Dieu ? Elle s'était habituée à José, depuis deux mois. Est-ce qu'elle n'était pas bien, ici ? L'argent, l'argent, on aurait pu s'arranger. Elle aurait payé sa pension plus tard, quand elle aurait trouvé du travail. Enfin, elle était libre.

Elle a été prévenir les autres et chercher des bouteilles de mousseux à la cave. « Un départ qu'est pas un enterrement, a dit Mlle Gartembert, c'est encore plus triste. C'est comme si le mort vous regardait. » Complètement piquée, celle-là ! Tout le monde a bu au départ de José et Miss Brooklet lui a donné un bracelet de cuivre mince comme un fil.

« Ne le quittez jamais. Je l'ai « chargé » à votre intention. Il vous protégera. »

Même le chauffeur de taxi a bu un verre à la santé de José. Ça l'a aidé à attendre. Quelle drôle d'histoire ! On se trouve des familles curieuses, comme ça, de temps en temps.

José s'est retournée, après la grille du jardin, et elle les a vus, tous, piqués sur le perron, Lucie Delfeuille en tête, avec ses doigts croisés

et ses boucles d'oreilles qui tremblaient,
Miss Brooklet dans sa palatine en tissu des
Pyrénées, Cardot, les Berminier, et ils lui faisaient des gestes d'adieu comme si elle s'em-
barquait non pour Neuilly mais pour l'Autra-
lie. Un troupeau gris, une famille morte sur un
perron, des sourires de poussière, le bord des
larmes, et des mains qui s'agitent à hauteur
des visages. Ça se passe ainsi à toutes les minutes de la vie. Ceux qui restent ont les yeux
mouillés d'absence et de vague jalousie. Ceux
qui partent ont toujours raison. Ils se jettent
dans l'inconnu, défient l'oubli et on va les
regarder jusqu'au bout, sur les quais des ga-
res, dans les ports, sur les pistes d'envol, au
bord des fosses ou des trottoirs, pour essayer
de comprendre leur audace, pour attraper un
bout d'évasion.

TERRIFIÉE à l'idée d'être démasquée, José, imitant les soubrettes qu'elle avait vues au théâtre, était apparue le premier soir à la porte du salon, pinçant son tablier blanc entre ses doigts, pour annoncer au milieu d'une révérence épatante que « Madame était servie ».

Insolente à force de timidité, incongrue dans ce rôle de composition qu'elle s'efforçait de tenir, elle était si drôle ainsi qu'il y eut un éclat de rire. Elle en fut toute décontenancée. Le plus vexant était ce type-là, qui avait son âge et qui la regardait d'un air narquois. Toi, pensa José, tu me paieras ça !

Simone Verraque vint à son secours.

« C'est parfait, José, ne vous en faites pas. »

Tout s'était passé moins bien à l'office où Solange la cuisinière et Françoise l'évincée avaient immédiatement fait front contre l'intruse dont la réserve et le manque de familiarité étaient suspects et leur en imposaient. Un drame avait éclaté le lendemain à propos du chien qui, à la surprise générale, faisait les quatre volontés de la jeune fille. José n'avait qu'à siffler pour que Titus, lécheur et moutonnier, jaillisse d'un buisson et freine des quatre pattes pour se rouler à ses pieds.

« Méfiez-vous quand même, avait prévenu Solange, mielleuse, ces bêtes-là, c'est traître. »

Et elle regardait José avec des yeux qui démentaient ses paroles (« si seulement tu pouvais prendre un bon coup de dents, ça ne serait pas pour me déplaire, mijaurée, chouchoute, main blanche ! non, mais qu'est-ce qu'elle se croit !... »)

« Vous le détestez, avait répondu José sèchement, ça n'est pas étonnant qu'il vous morde. »

Un ton pareil ! L'autre en avait eu un coup de sang.

« C'est pas des fois que vous allez m'apprendre ce que j'ai à faire ? »

Elle n'aurait pas dû ajouter... « espèce de petite traînée ! », elle n'aurait pas dû. La main de José était partie et lui avait fait sauter une boucle d'oreille.

Cris, larmes, drame. Voilà la Solange qui se précipite hors de la cuisine, suivie par l'autre femelle en délire. On va chercher Madame. On dit police. On dit syndicat, à tout hasard. On ne restera pas une minute de plus dans cette maison.

« Je ne veux pas que vos bonnes m'insultent ! crie José. Je préfère m'en aller. »

Simone Verraque a compris. Elle ne peut laisser la petite à la cuisine et elle ne veut pas qu'elle s'en aille. Elle éprouve une tendresse aussi soudaine qu'inexplicable pour cette fille.

C'est comme ça. Elle lui doit son aide, allez donc expliquer pourquoi.

Simone apaise le volcan. Elle déclare que Mlle Boudard fait un stage de jeune fille au pair. Désormais, elle prendra ses repas à la salle à manger.

Guy n'a même pas bronché quand il a vu José à sa table. Il a d'autres chats à fouetter. Cette loi imbécile sur les crédits lui complique assez l'existence. Il mange dans le *Journal officiel*. Il boit dans le téléphone.

Ainsi José, petit à petit, est devenue un meuble de la maison. Intégrée, adoptée. On la traite comme une fille aînée, avec la même désinvolture et la même sollicitude machinale. On l'envoie faire les courses. Elle sert le café. On exige qu'elle enfile un chandail quand elle est en nage. On lui conseille de ne pas discuter et de faire ce qu'on lui dit si elle veut éviter d'attraper un chaud et froid. Pour un peu, Simone irait la border, le soir dans son lit.

La main de Guy Verraque s'attarde parfois sur sa chevelure. C'est la couleur qui veut ça. Les cheveux de José ont toujours attiré les mains comme un radiateur en hiver, comme une fourrure précieuse. Déjà, quand elle était petite, à l'école, dans la rue, on lui touchait les cheveux, les doigts s'y enfouissaient. Elle y avait même contracté un tic, un mouvement du cou pour se dégager, comme un cheval qui chasse les mouches. Le geste de Guy Verraque est paternel. L'ours est timide. Il aime bien José, et son amitié s'exprime par un clin d'œil de dessin animé. Alors, il ressemble à Pluto.

Philippe, lui, reste distant. Jamais il n'adresse la parole à cette José. A personne, d'ailleurs. Il est long, il est maigre, il est fier, il est silencieux. Philippe traverse la maison, les mains dans les poches, en marchant comme un chat. Pas franc. Ne regarde jamais en face. Ou alors brutalement, par éclairs. Plaf ! Une paire d'yeux bruns en plein dans les vôtres et qui se dissimulent très vite sous des paupières à longs cils.

Philippe Verraque est beau. Le teint mat de son père, la pommette avivée d'un coup de sang léger qui, plus tard, après des années de repas copieux, pourra tourner à la couperose. Pour l'instant, le rose et le brun se fondent délicatement dans une joue florentine.

C'est à sa mère qu'il doit son nez fin et droit, sa bouche grande aux commissures fines et mouvantes, un peu relevées à l'ironie, comme celles que l'on voit sur les portraits du XVIIIe siècle.

Toute l'attitude de Philippe est de retranchement et d'insolence contenue : son silence, les sourires fugaces qui étirent ses lèvres, la manière dont il regarde son père, par exemple, le visage un peu penché, avec cet air d'attention excessive et sournoise qu'on prend en face d'un prof irascible et quelque peu méprisé.

« Tu ne pourrais pas passer chez le coiffeur de temps en temps ? demande Guy, exaspéré par les cheveux que son fils rejette en arrière toutes les trois secondes. Et tu ne pourrais pas, de temps en temps, t'habiller autrement qu'avec ces cols roulés ridicules ? Et tu ne peux pas t'asseoir d'une autre façon qu'en te vautrant dans un fauteuil ?

— Mais certainement », répond Philippe avec une politesse infernale.

Et il continue. Les cheveux poussent, les cols restent roulés. Qu'est-ce que ça peut bien faire ? Les vêtements sont des carapaces que l'on quitte quand elles vous quittent. Philippe n'aime que les vêtements qui lui rentrent dans la peau. Les pantalons moulés par l'usage aux formes de ses longues jambes, les tricots dans lesquels on dort, les chaussures bien faites aux pieds, avec lesquelles on peut courir vite devant les flics.

Un jour, José l'a vu, par-dessus la rampe de l'escalier : il montait en traînant derrière soi un chandail qu'il tirait le long des marches comme un chien en laisse. C'était triste à voir.

Quand il rencontre José il dit : « Salut ! » brièvement, avec un coup de menton impertinent.

Elle a tout de même trouvé un jeu très amusant : Philippe le narquois, l'absent, Philippe le toiseur est tout de même sensible à quelque chose. José n'a qu'à se redresser imperceptiblement, se cambrer en douceur, bomber le torse mine de rien, de façon à faire pointer convenablement ses seins sous une étoffe ou un tricot, pour que le regard de Philippe fulgure entre ses cils et qu'un nuage rose glisse de ses pommettes dans ses joues.

Alors, José en profite. Elle bombe, elle se
cambre, se redresse et s'étire, jusqu'à ce que
Philippe se lève subitement et parte, incendié.
Alors, il ne dit plus salut. Alors, il ne sourit
même plus.

Un jour, Simone Verraque s'aperçoit qu'il
manque un livre dans les rangées impeccables
de la bibliothèque du salon, au milieu des
dos mordorés de la Pléiade qui couvrent tout
un mur. Des livres tout neufs, jamais ouverts.
Manque un Balzac. Qui l'a pris ? Philippe
répond sans aménité que merci, votre littéra-
ture décadente ne m'intéresse pas. Guy hausse
les épaules. Est-ce qu'il a le temps de s'occuper d'un Balzac disparu, alors qu'il lui faut
donner une réponse sous quarante-huit heures
pour cette histoire d'investissement d'euro-
dollars ? Ecoute, vraiment...

« C'est moi, dit José timidement. Je suis au
milieu de *La Duchesse de Langeais*. »

Le lendemain, Philippe, assis avec des
copains dans un bistrot du boulevard Raspail
dit, tout à coup : « La bonne, à la maison,
elle lit Balzac... »

Il y a de la fierté dans sa voix et puis
comme une sorte de désespoir.

L'hiver s'est étranglé dans des giboulées et
le Bois est devenu vert. Il y a trois mois que

José est chez les Verraque et, soudain, elle
s'impatiente. Elle est un voyageur qui attend
son train, un marin qui a perdu son bateau,
une symphonie qui piétine au tournant d'un
mouvement. L'avenir est flou. On sait seulement qu'il est plein comme un œuf de choses
vagues et magnifiques, de rencontres, de visages, de surprises. Tout est possible. On ira
vers des pays où la mer lèche des sables
jaunes, où les cocotiers, à midi, dessinent à
leurs pieds une étoile d'ombre exacte. Il y
aura des îles et des noms épatants comme
Changhaï, Macao ou la Barbade. Des avions
hurleront sur des pistes à lumières bleues,
crèveront des nuages avec des villes sous le
ventre. Elle a pris l'avion, un jour, pour aller
en voyage de noces aux Canaries, avec Alain.
Il avait un oncle installé là-bas à Lanzarote,
et qui s'occupait à dessaler la mer. Au départ,
c'était drôlement bien d'aller aux Canaries,
les îles Fortunées et tout. Et puis en arrivant
à Palma, ça s'était gâté. Les îles Fortunées
sentaient mauvais et tout le monde y parlait
comme les bonnes espagnoles à Paris. Un pays
de bonnes, quoi. L'oncle Charles était jovial
et buvait sec. Tout le monde le connaissait à
Lanzarote, les touristes et les gens du pays.
Un soir, ils étaient en train de prendre le frais
sur la terrasse d'un hôtel : l'oncle, José et
Alain. Une bande de garçons et de filles qui
avaient juste l'âge de José, étaient passés par
là. Ils s'étaient arrêtés pour saluer l'oncle
Charles et José, sous l'œil des garçons, s'était
sentie belle, tout à coup. Mais quand l'oncle

Charles avait présenté : « Mon neveu, sa femme... », les yeux des garçons s'étaient éteints subitement. Ils étaient restés quelques minutes et puis ils étaient partis tous en riant, en balançant des sacs de plage. José mourait d'envie de les suivre. Mais ce n'était pas possible, n'est-ce pas ? Elle était mariée, désormais. Une femme mariée, une rien, une femme en main, une fille perdue pour tout le reste du monde, elle l'avait bien vu dans les yeux des garçons. Voilà, c'était simple : elle avait dix-sept ans et si elle vivait environ jusqu'à quatre-vingts ans, cela signifiait que, pendant soixante-trois ans, il lui faudrait s'asseoir sagement à des terrasses de café avec des vieillards, pendant que les autres partiraient en riant vers des plages. Et personne plus jamais ne lui ferait la cour. Evidemment, puisqu'elle était mariée ! Quelle horreur ! Elle piaffait devant sa citronnade. Oui, c'est peut-être ce jour-là qu'elle avait commencé à quitter Alain, ce vieux de vingt-sept ans qui lui barrait la vie. Et pourquoi, mon Dieu, pourquoi ?

Non, les îles Fortunées, ce n'était pas le rêve, vraiment. Mais la Martinique peut-être, avec des palmiers doux, des bateaux remplis de citrons et des chansons tristes de Doudou abandonnée. Ou bien New York... José n'était jamais allée à New York mais elle avait vu tant de gens qui revenaient de ce bout du monde que ce n'était peut-être même pas la peine d'y aller. Une menteuse consciencieuse doit toujours s'exercer et José, quand elle était en forme, racontait New York avec une assu-

rance parfaite. On s'attend tellement à voir
des maisons gigantesques, disait-elle, que,
quand on arrive là-bas, elles semblent presque
normales. Et puis, voyez-vous, les jours sui-
vants, elles grandissent, grandissent et vous
étouffent... Un jour, j'ai pris un hélicoptère
qui m'a déposée directement au trentième
étage. Il frôlait la porte-fenêtre comme une
grosse guêpe et puis s'est arrêté... Quand on
passe la marche et qu'on regarde en bas, on
voit la mort le long d'une falaise de verre et
de béton. Une mort vertigineuse et tendre.
On tombe, tombe, tombe, sans arrêt et sans
heurt comme Alice dans le trou de son lapin.
Notez que ça fout quand même la trouille !...
Ce qui est très bien, c'est qu'on ne peut pas
pleurer dans la rue, à New York, ni mourir,
ni même s'y évanouir, parce que les gens s'en
moquent et vous marchent dessus. A Paris, ils
ne vous aident pas, mais ils vous regardent.
On fait voir aux enfants : « Regarde le monsieur qui crève, regarde la dame qui bave... »
Et il faut vivre dans des maisons fermées,
bouchées, capsulées. Dehors, il pleut de la
suie et des frites ; alors, évidemment, il vaut
mieux tourner le dos aux nuages une bonne
fois pour toutes. Et quand le bruit du dehors
est étouffé, celui du dedans commence. Les
télévisions bafouillent sur trente-six chaînes,
les conditionneurs d'air conditionnent, une
marée de klaxons et de sirènes de police lèchent
les maisons... Pendant ce temps, on tue, on
étouffe, on bâillonne, on étripe, on casse, on
efface. Les femmes ont tellement embêté les

types, depuis des années, les mères, les sœurs, les épouses qui se relaient pour les faire chier, depuis les tétines jusqu'aux fauteuils roulants, qu'ils se vengent de temps en temps. Quand ils peuvent en attraper une au crépuscule ou même le matin ou l'après-midi, ils lui font sa fête, en souvenir de maman, de Tantine ou de Sheila. Couic dans les ascenseurs, dans le métro. Couic à Central Park... Et puis il y a les camés qui volent les sacs des rombières pour une petite piqûre, une reniflette ou un grand bang. Alors les femmes se promènent avec des soutien-gorge à sonnettes, des culottes électriques, des parapluies-mitrailleuses et des lunettes au poivre... Moi, dit José, New York, c'est pas la ville que je préfère.

Simone Verraque ne va plus du tout au planning familial. Tant pis pour les pauvres petites femmes de Massy-Palaiseau ou de Sarcelles. Maintenant, elle s'occupe de José qui est devenue sa chose, sa poupée, son enfant. Un jour, elle est montée dans sa chambre pour fermer une fenêtre qui claquait sous l'orage et elle a vu sur l'étagère du lavabo, tout un étalage de fards : du vert pour les yeux, du rouge pour les lèvres, du noir pour les cils. Qu'est-ce qu'elle pouvait bien en faire ? Elle n'était jamais maquillée. Et elle ne sortait même pas le soir. Simone entendait souvent la musique du petit électrophone que José s'était acheté avec ses économies.

Dans la penderie, la garde-robe était misérable : deux jupes, une petite robe de rien, un manteau qui avait dû être de bonne qualité au départ mais dont le bord des manches était tout râpé.

C'est ainsi qu'avait commencé la transformation de José. Simone avait décrété qu'il fallait changer tout ça et elles étaient parties dans les magasins comme mère et fille.

José, à la suite de Simone, avait découvert des lieux d'une douceur exquise, faits de cheveux soyeux, poils de vison, moquette tiède, cachemire et soie sauvage. Simone nageait à son aise dans ces eaux-là et y entraînait une José honteuse de ses robustes culottes Petit-Bateau qui frappaient la glace des cabines d'essayage comme une incongruité. De plus, elle était étourdie par la vive beauté des vendeuses, par leur désinvolture, par l'air sillonné d'effluves précieux, par l'éclat des choses, par la facilité avec laquelle on puisait dans cette réserve étonnante.

Qu'ils étaient loin les « rayons jeune fille » où Lili Boudard lui achetait des jupes revêches en tripotant les étiquettes et en calculant les réserves d'un ourlet ou d'une couture. Même mariée, José n'avait jamais été à pareille fête, son seul souci consistant alors à éviter d'être déguisée en dame, selon les vœux d'Alain qui l'encourageait vivement à porter des petites robes noires avec un clip sur l'épaule pour aller dîner. José regimbait contre cet uniforme qui signifiait pour elle ce qu'il y avait de plus ennuyeux au monde : l'esprit de soumission et la crainte du qu'en-dira-t-on.

Elle avait même un jour déclenché un véritable drame. Alain lui avait donné de l'argent, beaucoup d'argent en comparaison de ce qu'il lui octroyait d'habitude, pour qu'elle s'habille et se fasse coiffer, en prévision d'un dîner mi-professionnel, mi-amical. Il s'agissait de faire jeune couple prospère, ce soir-là. Alain comptait sur la beauté de sa femme pour impressionner on ne sait quel promoteur. Il voyait déjà les types, au lendemain du dîner. Il les entendait avec ravissement parler d'eux, de José, de lui. « Il est bien ce Joullay, dites-moi... Ah ah ! et Mme Joullay n'est pas mal non plus... » Alain tenait à leur offrir, en prime, une très belle image de José, suivant le processus publicitaire : un cadeau gratuit pour chaque paquet avalé.

« Je te demande d'être très bien, avait-il déclaré. C'est important pour moi, pour nous. Je veux qu'on te regarde. Je veux que tu sois la plus belle. »

Pour ce qui était d'être regardée, il avait été servi.

Comme il n'aurait pas eu le temps de repasser par Louveciennes en sortant de son bureau, il avait emporté le matin un complet sombre et une chemise de rechange accrochée au cintre de sa voiture. Il retrouverait José directement boulevard Suchet, chez les Forain-Lefebvre.

« Comment est ta robe ? avait-il demandé avant de partir.

— C'est une surprise, avait répondu José, tu verras ce soir. »

Surprise est bien le mot. Elle était arrivée après Alain et, quand la bonne avait ouvert la porte du salon où cinq jeunes couples absolument convenables étaient en train de téter les verres de whisky, les conversations s'étaient arrêtées net, glacées par l'apparition renversante d'une créature superbe et scandaleuse.

Ce n'était pas la légèreté de sa robe de mousseline qui était critiquable par cette chaude soirée de mai, ni même les légères sandales d'or mat qui laissaient ses pieds nus. On aurait pu lui pardonner, à la rigueur, d'avoir enfilé son solitaire de fiançailles au deuxième orteil du pied droit. On pouvait aussi trouver amusante sa coiffure faite d'une soixantaine de menues tresses qui partaient en palmier du sommet de sa tête. Mais comment admettre cette poitrine insolente qu'aucun soutien-gorge ne dissimulait sous le tissu transparent, l'ombre indécente du nombril, le dessin précis et réduit d'un slip assorti à la robe et qui faisait à peine figure de concession ? Et la créature avançait d'un pas royal.

Les femmes étaient restées la bouche ouverte Une lueur sournoise passa sur le visage des hommes. Ils échangèrent entre eux un bref coup d'œil. Dire qu'Alain s'empourpra est peu. Il s'embriqua, il se tuméfia, il devint foncé. Quelques secondes passèrent. Puis, Alain se jeta hors de son fauteuil, traversa la pièce et agrippa furieusement le bras de José. On aurait pu croire qu'il l'embrassait quand il lui dit à l'oreille :

« Tu es une sale garce et tu vas rentrer immédiatement à la maison ! »

En même temps, il lui pinçait fort le dessous du bras, là où la peau tendre est la plus
sensible.

« Tu me fais mal ! cria José.

— Allons, dit-il entre ses dents, tu es malade, n'est-ce pas ? » Puis, au bord des larmes,
il se tourna vers l'assistance :

« Ma femme n'est pas bien, dit-il. Je vais la
raccompagner.

— Mais pas du tout, dit José, exaspérée par
le pinçon. Je vais très bien. »

La maîtresse de maison s'avança avec la
tête d'une personne qui sait prendre la situation en main, quoi qu'il arrive, ravie au fond,
de l'incident qui allait mettre un peu d'animation dans cette soirée promise aux chiffres,
aux taux de rendement, à la boutique indus-
trielle. Rien de plus amusant que le scandale
quand il est causé par les autres, quand on en
est le spectateur décent, innocent, surpris. On
parlerait longtemps de la femme de Joullay,
apparue quasi nue dans un dîner d'affaires.

« Voulez-vous prendre quelque chose », proposa Marie-Christine Forain-Lefebvre, avec un
large sourire dont elle avait contracté le rictus
dans *Elle*.

C'est drôle, on ne pouvait même pas regarder franchement la robe de cette Joullay.
Même sans être bégueule (et Dieu sait si la
bégueulerie était passée à Marie-Christine, en
dix ans de mariage !), les yeux glissaient
dessus et s'en détournaient. Il fallait avoir
du toupet, quand même. En même temps,
cela dénotait un certain courage.

Marie-Christine sortit du salon pour aller chercher de la glace et là, dans le couloir, elle ôta furtivement une minuscule épingle à nourrice avec laquelle elle avait passé un quart d'heure à coincer l'arrêt de son propre décolleté, parce que tout de même.

Quand elle revint, l'atmosphère avait rajeuni, s'était détendue et même, pourrait-on dire, poivrée. José Joullay, sagement posée sur un canapé, parlait avec Olivier Forain-Lefebvre, assis à même le tapis, à ses pieds, la tête à la hauteur des seins indiscrets. Les autres femmes s'étaient quelque peu alanguies. Les jupes découvraient les genoux. La courbure de leurs bras était plus émouvante. Leurs lèvres plus gonflées. Leurs yeux plus hardis. Ce que c'est que l'exemple. Même les hommes semblaient plus gais et leurs propos les plus professionnels prenaient subitement une sorte de double sens. Seule, une aile hostile demeurait à l'écart près d'une fenêtre : trois femmes dont l'attitude glacée et les chuchotements disaient la réprobation. Et ce pauvre Joullay, blême à présent et contracté, avec ses muscles de mâchoires qui bougeaient convulsivement.

Le regard de Marie-Christine croisa celui de son mari et elle eut un léger froncement de paupière dans lequel Olivier lut nettement :

« C'est possible, mon chéri, mais ce n'est pas le moment. On a donné ce dîner pour des choses sérieuses et il vaut mieux ne pas l'oublier. Même si la petite Joullay te botte, on verra cela plus tard. Tiens-toi tranquille, ce soir. On ira au Bois demain, c'est promis. »

Il n'y avait pas de couples plus unis qu'Olivier Forain-Lefebvre et Marie-Christine. Leur équilibre faisait plaisir à voir et on les citait en exemple. Vraiment *le* couple modèle : éducation semblable, fortunes assorties, deux beaux enfants ; lui, quarante-deux ans, elle trente-sept, jamais un mot de trop ni l'ombre d'un nuage. Même quand Olivier décidait une expédition au Bois de Boulogne.

Au début, Marie-Christine était un peu intimidée, forcément. Il n'y avait pas longtemps qu'elle était sortie de chez les dominicaines. Mais Olivier, avec une extrême gentillesse, s'était occupé d'elle, l'avait convaincue de se déshabiller.

« Tu es si belle, ma chérie, que pas une ne t'arrive à la cheville. Regarde autour de toi. »

Et Marie-Christine, rassurée, avait appris à faire voler culotte et soutien-gorge dans les appartements anonymes où leurs expéditions nocturnes les menaient.

Ce n'était pas, à vrai dire, qu'elle y éprouvait le même plaisir qu'Olivier. Non, on ne pouvait pas dire cela. Il y avait des types, parfois, dont elle se serait bien passée, mais elle trouvait dans cette forme de vie conjugale un accord parfait avec tout ce qu'on lui avait enseigné, jeune fille, et avec tout ce que les magazines féminins lui confirmaient depuis. Faire des concessions, disait sa mère : elle en faisait. Suivre son mari : elle le suivait. Etablir franchement le dialogue entre époux, disait Ménie Grégoire : ils étaient complices

jusqu'au bout des nuits. Trois divans et quinze
corps pouvaient les séparer, elle savait qu'Olivier était près d'elle, en éveil, prêt à intervenir
pour la défendre si elle était importunée. Parfois même, quand il était occupé avec une
autre femme et quand le hasard des amal-
games les avaient disposés à proximité l'un
de l'autre, il la flattait d'une main rassurante,
affectueuse, pour bien lui signifier qu'il ne
l'oubliait pas. Jamais, de leur vie, il ne
l'avait trompée. Et quelle exquise gentillesse,
aux lendemains du Bois, quand, un peu
honteux de ses gourmandises, il revenait à
la maison, les bras chargés de fleurs et de
cadeaux.

Le reste du temps, la décence la plus absolue présidait à leur vie. Ce n'est pas Marie-
Christine qui se serait exhibée à poil, comme
ça, chez des amis. Olivier ne l'aurait pas
supporté. C'était même étonnant qu'il se soit
assis aux pieds de la petite Joullay. C'était presque une tricherie, un mélange, un désordre. Les
Joullay n'appartenaient pas à leur vie nocturne
et Dieu sait si Olivier était strict sur ce point :
jamais avec des relations. Et puis, cet
Alain Joullay avec sa nervosité de petit-bour-
geois constipé devait être un piètre compagnon. C'est drôle comme certaines femmes
n'ont pas de chance. Pauvre José Joullay !

La « pauvre José » avait eu sa fête sur le
chemin du retour. Alain, les dents serrées,
conduisait en délirant. Apparemment tous
les gros mots qu'il avait appris à Saumur
lui remontaient à fleur de lèvres.

« Une petite catin, une roulure, voilà ce
que j'ai épousé ! »

Ainsi, quand Simone Verraque tendait sur
José un imprimé rose et vert, un tweed brun,
une flanelle bise, déployait autour de sa
taille un plissé soleil, un biais ou un jersey
safrané, José s'épanouissait. C'était la première fois qu'on s'occupait d'elle. C'était la
première fois qu'on lui enseignait que le
vernis aux ongles est vulgaire et qu'un
maquillage ne doit pas se remarquer. Elle
acceptait tout cela avec délices et même les
réprimandes de Simone. « Calme-toi José,
sois plus légère, marche moins vite. On dirait
un C.R.S. qui descend le boulevard Saint-
Michel ! »

ET puis, au printemps, il y eut la fête à Neuilly. Une de ces fêtes d'obligation que Simone Verraque organisait plusieurs fois par an.

On apporta des plantes et des fleurs qui transformèrent l'hôtel en reposoir. On dressa une tente jaune et blanche dans le jardin. On s'affaira pendant huit jours à préparer des buffets, à pointer des listes d'invités. José était commise au téléphone qui ne cessait plus de grelotter. La cuisine était sur les dents. Guy Verraque, impatienté par ce remue-ménage nécessaire, déjeunait en ville. Philippe, haut comme le temps, considérait ce chambardement avec mépris et s'effaçait le long des murs. Quant à Simone, elle passait de la surexcitation à l'abattement par le chemin d'une migraine continue.

José la découvrit un après-midi, assise au milieu de sa chambre, en soutien-gorge et en culotte, les jambes nouées à faire peur, le buste droit, les paumes ouvertes au bout des genoux, les index et les pouces arrondis en

zéros. Son regard était effrayant de fixité, de
vide. Elle était inhabitée et ne semblait même
pas entendre ce qu'on lui disait. Tant pis
pour Lachaume qui, à court de jasmin, proposait des camélias pour les chemins de table.
Elle expliqua plus tard à José qu'on ne pouvait interrompre la *siddhasana* qui stabilise
le corps et apaise le mental, à trois jours
d'un raout monstre qui allait rassembler tout
ce qu'il y a de plus brillant et de plus méchant
à Paris. Il fallait être détendue, il fallait être
heureuse, il fallait être belle.

Dès cinq heures, tout fut prêt. Les maîtres
d'hôtel se fourraient les doigts dans le nez
placidement en arpentant les tables surchar-
gées. Les premières voitures arrivèrent vers
six heures et les portières ne cessèrent plus
de cracher une foule bigarrée, tourbillonnante.
L'air était doux et des hirondelles rasaient
les seaux à glace. Simone et Guy, sur le perron, bénissaient les arrivants, une invasion de
chéris et de chéries. Les bagues, sous les
baisers, brillaient plus fort. Toute cette amitié
qui ne coupait pas les appétits faisait défiler
des plateaux qui, en un instant, apparaissaient
ravagés comme des villes bombardées. Bientôt
la foule déborda par les portes-fenêtres et se
rassembla en petits tas sur la pelouse.

A l'écart, José observait l'animation. Elle
remarqua que Simone, ce jour-là, avait réussi
à n'avoir que trente-cinq ans. Soudain, elle

aperçut Philippe, métamorphosé : *il avait mis une cravate* et tripotait rageusement le bouton supérieur de son blazer. Il vit José qui le regardait. Cela le fit rougir et, pour apaiser son malaise, il se jeta sur un plateau qui passait, rafla un verre et commença à faire tourner son glaçon d'un air sombre.

Quelques instants plus tard, Simone prit José par la taille et la poussa vers un groupe.

« C'est ma petite fille au pair, dit-elle tendrement, en présentant José à Rosie Fantin, la romancière féministe aux dents chevalines, dont le sourire ne découvrait que des gencives.

— Qu'elle est belle ! dit Fantin avec beaucoup de fermeté. Vous êtes étrangère, mon petit ?

— Non », dit José, horrifiée du tête-à-tête qui se préparait, car le groupe s'était dissous et Simone venait d'être happée par une folle acajou.

Rosie Fantin la prit par le bras et baissa la voix.

« Hon, fit-elle, quelle peau exquise vous avez... Ce n'est pas trop pénible, ici ?

— Non, dit José, surprise. Pourquoi ?

— Parce qu'on exploite tellement les jeunes filles de votre condition, dit Rosie en poussant un soupir qui ressemblait à un démarrage de tracteur.

— J'ai soif, dit José qui sentait une furieuse envie d'envoyer promener cette femme aux cheveux ras qui lui serrait le poignet. Je voudrais du champagne...

— L'alcoolisme, déjà... murmura la Fantin.

— Comment ? dit José, sidérée.

— Rien, dit Fantin. Est-ce que cela ne vous plairait pas de vous recycler ?

— De me quoi ?

— D'apprendre un métier, dit Fantin, en regardant José droit dans les yeux. De vous libérer. D'accéder à un niveau... Enfin, je sens que vous avez une étoffe... »

José avait bu deux coupes de champagne et, soudain, la vie lui parut très farce.

« Je suis très bien comme ça, dit-elle. Qu'est-ce que je pourrais faire, à votre avis ?

— Prendre conscience de votre potentiel, dit l'autre, en tapant une gauloise sur un ongle ras. Assumer votre vie en tant qu'individu à part entière. Manager votre avenir. Apprendre la sténo, pour commencer... »

Le champagne faisait un bon effet. José attrapa une troisième coupe.

« Vous savez ce que j'aimerais faire, dit-elle, mais vraiment ?

— Parlez, dit Fantin.

— Je voudrais être une « intouchable », dit José. Je voudrais laver par terre toute ma vie, en attendant d'être réincarnée en poisson volant... en poisson volant... en poisson volant... »

Elle recula dans un fou rire. Le champagne était épatant ; voilà que le visage sidéré de Rosie Fantin se fondait dans une brume.

José posa son verre vide sur une table et respira longuement. « Je suis complètement ivre, se dit-elle, il ne faut pas que cela se voie. Voyons si je marche droit. »

Elle se dirigea à l'écart d'une allée et commença à poser un pied devant l'autre, sur une ligne imaginaire, les bras écartés comme une funambule.

« A quoi joues-tu ? »

Marc Santonel la regardait avec curiosité, les mains dans les poches.

« Je suis toute seule, répondit José stupidement. Et j'ai bu du champagne.

— Cela ne te va pas mal, dit Santonel. Tu es la plus jolie personne de cet endroit. Viens t'asseoir. »

Il tira deux chaises et s'assit près d'elle.

« J'ai vu que tu étais coincée par Mme Fantin, dit-il.

— C'est une folle, dit José. Elle voulait me recycler. Ah ! Ah ! Ah ! Est-ce que tous les gens sont aussi dingues, ici ?

— Oui, dit Santonel, mais il ne faut pas le dire.

— Pourquoi ?

— Parce qu'ils ne le savent pas, ce qui les rend presque supportables.

— J'ai envie de partir », dit José.

Santonel la considéra. Il riait silencieusement.

« Bien sûr, tu partiras.

— Vous me parlez drôlement, dit José, comme si vous me connaissiez. C'est sans doute parce que je suis un peu ivre.

— Tu l'es passablement, dit Santonel, mais je te connais de toute façon. Il y a des signes qui ne trompent pas. Dans cinq minutes, tu vas me dire que tu as envie d'être heureuse, ou quelque chose d'approchant.

— Oui, dit José, c'est possible. Mais d'abord je ne suis pas malheureuse et ensuite...

— Oui, ensuite ?

— Je ne sais plus, dit-elle. Le bonheur, c'est un gros mot, vous ne trouvez pas ? C'est une cérémonie, une idée en majuscule. J'aimerais mieux qu'on m'explique comment éviter les emmerdements. Parfois, je me sens abandonnée, en hiver, sur une lande. Vous voyez ce que je veux dire ?

— C'est très clair, dit Santonel. Il y a un moyen très sûr d'éviter tout cela.

— Et lequel ?

— Il faut un peu d'égoïsme et beaucoup de légèreté, dit-il. Et les femmes ne sont pas tellement douées pour cela, malgré ce qu'on raconte.

— Vous n'êtes pas bête, dit José.

— On le dit, mais ce n'est pas un garant de félicité, dit Santonel en riant.

— J'ai toujours envie de partir, dit José. Pourtant, je ne suis pas mal ici. Simone et Guy sont comme une famille pour moi.

— Méfie-toi, dit Santonel. Ne t'emballe pas. Pour l'instant, tu es nouvelle, donc tu es amusante. Simone s'ennuie. Elle a un besoin passionnel de quelqu'un à dominer, à transformer. Sur qui régnerait-elle ? Son mari et son fils lui échappent et ses amants ne lui font qu'un bout de conduite sur le chemin de son retour... Et puis, défie-

toi de l'amitié des petits bourgeois. J'entends
par là les gens qui ont accédé à un certain confort par leurs propres moyens et
qui n'en sont pas encore revenus. Ou, si
tu préfères, qui ne sont pas encore rassurés.
Il leur manque la générosité, le sens de la
gratuité et la désinvolture. On les dit snobs,
ils ne sont qu'aux aguets.

— J'ai seulement envie qu'on m'aime, dit
José.

— Ils t'aimeront si tu leur offres des garan-
ties, c'est-à-dire si tu es, pour eux, quelqu'un
de rassurant. Crois-tu qu'on aurait tant de
câlins pour moi si mes malheureuses fonc-
tions de parlementaire ne les impression-
naient ?... Sois riche, de préférence mariée à
quelqu'un d'important qui te servira de rempart. Ou fais-les rire. Les guignols et les
clowns sont inoffensifs et meublent leur ennui.
Quand tu seras devenue une personne importante, tu pourras te permettre de les scanda-
liser. Mais surtout, évite d'en espérer un
secours en cas de tristesse, de désarroi et, s'il
te plaît, cesse d'être pauvre.

— Mais qu'est-ce que vous faites ici, vous ?
demanda José.

— Comme toi, je passe.

— Je voudrais que quelque chose, quelqu'un m'emporte, dit-elle.

— Tu parles comme un voyageur qui voudrait prendre un train sans se déplacer pour
aller à la gare. Mais je te fais confiance,
tu as tout ce qu'il faut pour trouver ton
train.

— Je voudrais que vous m'emmeniez », dit José.

Alors, Santonel se leva brusquement et pinça la joue de José, ce qui lui étira la bouche sans la rendre tout à fait laide.

« Tu dis n'importe quoi, dit-il, d'une voix brève. Je ne suis pas quelqu'un avec qui l'on part. »

Et il disparut soudain entre les chéris et les chéries qui poussaient des cris de joie, car on venait d'allumer des lampions dans les arbres.

Il y avait des oiseaux dingues qui rasaient la pelouse et du vent dans les marronniers neufs. Il y avait des flaques de soleil sur la moquette beige et une odeur herbeuse de rivière qui arrivait du Bois et se faufilait par la porte vitrée de la fenêtre. De temps en temps, le rideau se soulevait, gonflait comme un foc sous la brise. Il y eut les pas d'un cheval dans la terre molle, un claquement de cuir sur un flanc chaud et une ébrouade, un reniflement de bête agacée.

Alors, comment peut-on, je vous le demande, dans tout ce tintouin de printemps, je ne dirais pas s'intéresser, mais se concentrer un petit peu sur les querelles du Saint-Siège et du gouvernement français, sous le ministère Combes ? Philippe Verraque se boucha les oreilles avec ses lobes, pour couper le printemps.

Dix minutes, deux paragraphes passèrent. Combes, traité de « Robespierre au rabais », venait de chuter de son fauteuil, poussé par

un mauvais franc-maçon voleur de fiches qui
accusaient un général... Sombre histoire.

Philippe relâcha ses oreilles. Il y eut, cette
fois, des bruits de moteurs bien huilés, une
voiture, deux voitures, un coup de frein en
souplesse. Une femme cria qu'il était défendu
de traverser le boulevard en patins à rou-
lettes. Et puis, soudain, tombant du ciel, de
l'étage au-dessus, les Beatles : *Sexy Sady...
What have you done... You made a fool of
every one... Ooooh, what have you done...*
Alors, Philippe ferma son livre, vaincu.

C'était dimanche. Parents partis golf campagne. Lui, pas question. Il fallait qu'il révise
cette putain d'histoire des institutions. Et
dormir, si possible. Pas croyable ce qu'il
pouvait avoir sommeil dès qu'il se trouvait
seul. Une maladie. Seul ? Non, puisque les
Beatles dégringolaient de là-haut, ce qui signifiait que la José était restée, elle aussi. Mais
qu'est-ce qu'elle pouvait bien foutre toute la
journée dans sa chambre ?

Et, tout à coup, une grande mollesse s'éten-
dit sur le dimanche après-midi. La coupure, le
break. Et voilà que les moustaches de Clemen-
ceau, succédant à celles de Sarrien, commencèrent à se mélanger aux excentricités de la
sexy Sady, dont on continuait à brailler les
méfaits, à l'étage au-dessus. Alors Philippe
s'allongea sur son lit et se mit à contempler
fixement le plafond.

José y marchait. Il entendait craquer les
lattes du parquet, sans discerner vraiment le
bruit des pas. C'est qu'elle devait être pieds

nus. Ou même en maillot de bain, par cette chaleur. Il l'avait vue, une fois, à sa fenêtre, le dos contre la charnière, une jambe relevée sous le menton. Elle était peut-être même toute nue.

Voilà comme est la vie : on est enfermé un dimanche de juin, tout seul avec une fille nue qui s'amuse à faire craquer le plafond au-dessus de votre tête : le rêve. Et qu'est-ce qu'on fait pendant ce temps-là ? On révise des histoires de vieux morts qui ne se relèveront même pas pour vous remercier de caresser leurs noms des yeux.

Est-ce que ses seins bougent, quand elle marche ainsi toute nue ? Est-ce qu'elle a des tout petits bouts roses comme Marielle, ou au contraire, des grands bouts marron orange comme les filles de *Play-boy* ? Les grands bouts foncés larges comme des soucoupes, c'est mieux, mais on ne peut jamais rien voir avec ces foutus soutien-gorge. Le meilleur moyen de s'en assurer, serait encore de monter l'escalier et d'ouvrir la porte d'un seul coup... Ça y est, je bande ! Les seins, je résiste pas, c'est drôle...

Bon. Revenons aux institutions. Combien va-t-il falloir s'envoyer de livres, de résumés, de topos, de cours sinistres avec de vieux croulants, pour avoir enfin le droit de vivre un peu tranquille ? Et c'est le moment que choisit une dégringolade d'années futures pour vous écraser. Des milliers de jours incolores vous arrivent en pleine poire, dont la première image s'appelle demain, tout à l'heure, dans cinq minutes.

Dans cinq minutes, Philippe Verraque va chasser la fille nue de sa pensée. Dans cinq minutes, Philippe Verraque va faire l'effort de descendre à la cuisine se faire une tartine. Il n'a pas mangé depuis la veille, il est comme ça. Il aime bien aller jusqu'au bout de la faim, jusqu'aux limites de l'évanouissement, pour se bourrer ensuite de n'importe quoi.

Philippe se nourrit en chat, de menus incroyables. Il glisse la patte dans les placards, tâtonne et ramène des choses. Quelquefois, il ouvre la porte du frigo, tire un tabouret, s'assied, avance le nez dans la lumière et dévore sur les clayettes. Il trempe du pain dans une saucière, avale en sauvage un demi-poulet, un bout de flan, n'importe quoi. Son grand bonheur, c'est la sardine touillée avec du pain frais et du beurre salé. Les sardines à l'huile, c'est extra. Une nuit où il était un peu soûl chez des copains, il a subitement eu envie d'appeler Marielle à trois heures du matin. Il a réveillé sa mère qui était furieuse, toute une salade. Alors, le lendemain, pour s'excuser, parce qu'il est bien élevé, il a envoyé une boîte de sardines et un mot repentant à la dame. Elle n'a pas compris, cette imbécile, que c'était vachement mieux que des roses et tout. Des bretonnes au citron !

Le lait condensé aspiré directement à la boîte, n'est pas mal non plus. Et l'eau. Philippe adore l'eau. Des tonnes d'eau claire qui font respirer à trois mille mètres, ils disent.

Il y a quelques années déjà qu'il a cessé de boire du vinaigre mais il se souvient encore des longs frissons exquis que cela lui procurait.

Le vin, c'est autre chose. Par exemple, tous les 27 janvier, jour de son anniversaire, Philippe se livre à une cérémonie solitaire : il descend à la cave, prend une bouteille de romanée-conti, un verre de cristal et monte le tout dans sa chambre. A trois heures du matin pile, heure de sa naissance, il commence à boire sa bouteille de bourgogne, en portant des toasts à sa mère. Il est comme ça, Philippe, sentimental et goulu.

Pour l'instant, la cuisine est déserte. Françoise et Solange sont parties voir des beaux-frères à Tremblay-les-Gonesse. Un rayon de soleil tombe sur l'évier. Philippe ouvre un placard, choisit une boîte de crème de marron, y engage le tranchant d'un ouvre-boîte qui dérape, merde ! et lui entame le pouce. Sang partout. Philippe met son doigt sous le robinet, l'entortille dans un torchon qui se teinte vite de rouge, à travers les plis. Et comme on ne peut jamais être tranquille, la porte s'ouvre et José paraît.

Ici, dans un roman moderne ou au cinéma, prendrait place une superbe scène érotique, de celles qui laissent le souffle court et le doigt fureteur. Pensez donc : un garçon de vingt-deux ans, tout seul, un dimanche d'été, dans une maison déserte, avec une fille nue de son âge. Normalement, ils devraient s'avancer l'un vers l'autre, atteints de ces légers tics faciaux qu'engendre le désir, tandis que l'atmosphère devient de plus en plus moite. Il devrait y avoir un super-patin dévoreur de glotte, explorateur de molaires qui coule en panoramique vers les oreilles et descend en travelling sournois vers tu vois ce que je veux dire. Deux corps devraient basculer sur la table de la cuisine. On devrait apercevoir les seins lourds de José s'écartant doucement et ses cheveux frôlant la boîte de marrons. Suivraient quelques plans interdits aux moins de treize ans : un contre-jour sur la braguette de Philippe, qui dénonce comme il dirait grossièrement, une trique maison. Des mains partout, des têtes qui roulent, des fesses, des cheveux et même, des traces de sang que le doigt blessé de Philippe laisse sur le ventre de José.

Mais non. José n'était pas nue, en entrant dans la cuisine. Elle portait un vieux bermuda bleu et un chemisier rose. Elle venait se faire une tasse de thé et ce qui lui passa par la tête en découvrant Philippe, le doigt entortillé dans son torchon et l'œil plus farouche que jamais, était beaucoup plus compliqué qu'une flambée érotique. Elle pensa tout à coup à ce qu'avait dit Santonel : « Je te fais confiance pour trouver ton train. » Or, elle venait de découvrir que Philippe avait l'air d'un train.

« Qu'est-ce qui vous est arrivé, demanda-t-elle, vous vous êtes blessé ?

— Ce n'est rien, dit Philippe crâneur, c'est cette saloperie d'ouvre-boîtes.

— Mais il y a du sang partout, dit José. Il faut arrêter ça. Vous n'avez pas de pansement ?

— Non. Je ne sais pas où ma mère les range.

— Venez, dit-elle, je vais vous arranger ça. Moi, je sais. »

Le train suivit docilement. Ils entrèrent dans la salle de bain de Simone Verraque et Philippe s'assit au bord de la baignoire. La coupure était assez profonde et le sang affluait régulièrement aux lèvres blanches de la plaie. Philippe, pâlissant, détourna les yeux de ce spectacle éprouvant. José, s'activait, déchirait de la gaze avec ses dents, posait l'hémostatique, entortillait le doigt bien serré.

« Voilà, dit-elle. c'est fini. »

Alors, le grand Philippe se leva, posa ses mains sur les épaules de José et dit :

« Vous êtes gentille comme une hôtesse de l'air.

— Pourquoi, une hôtesse de l'air ? demanda José en riant.

— Parce que, dit Philippe, c'est ce que j'ai connu de plus chouette, quand j'étais petit. Mes parents voyageaient beaucoup et, souvent, ils n'avaient pas le temps de m'emmener. Je les rejoignais. Ou bien quand j'allais en pension en Suisse. Je prenais tout le temps l'avion, seul. On me confiait aux hôtesses. Moi, j'aimais bien ça. Elles étaient très belles et parfumées. Elles me prenaient par la main pour me faire traverser les pistes. J'étais toujours le premier aux portes de départ, mon ours dans une main et une nounou blonde ou brune, à l'autre. Quelquefois, on m'asseyait près des pilotes. J'avais l'impression de diriger les avions et les voyageurs.

— Venez, dit José, on va se faire du thé. »

Le train partait, c'était sûr, mais il allait falloir l'aiguiller sérieusement pour qu'il ne se dirige pas sur une voie de triage. José avait quelques heures devant elle, pour cela. Les Verraque ne rentreraient pas avant le lendemain matin et, si Philippe lui était offert, il ne fallait surtout pas bousculer les choses.

Qu'il ait envie d'elle ne faisait aucun doute. Elle s'en était souvent aperçue mais ce n'était pas cela qui intéressait José, même si le trouble qui venait de se glisser entre eux n'était pas déplaisant. Ainsi, elle aurait pu, tout à l'heure, profiter du premier geste tendre que ce sauvage avait amorcé. Il était timide, sans doute, et avait besoin qu'on l'encourage. Quelque chose avait averti José de n'en rien faire. En lui laissant toute l'initiative, elle l'aurait beaucoup plus à sa merci.

Ils s'installèrent sur le perron avec leurs tasses. José parla peu mais joua convenablement de ses cheveux qu'elle disposa en rideau pour voir sans être vue, frôla le garçon à plusieurs reprises, mine de rien. Quand le soleil tomba, elle dit qu'elle avait froid et Philippe lui glissa un chandail autour des épaules.

Le soir, il proposa de faire un tour dans un club de jazz, près du Panthéon. La Matra fonça dans les rues vides et, trois fois, Philippe passa son bras devant elle pour la protéger d'un coup de frein. Il avait l'air très content de faire ça.

Il y avait beaucoup de monde dans la boîte. On dansait serré dans l'obscurité. Philippe prit José par les épaules, avec une désinvolture énervée. Elle posa ses mains sur les hanches du garçon et ils commencèrent à danser au milieu des autres couples. Philippe, le menton levé, sifflotait l'air du disque pour se donner une contenance. La piste se remplissait, obligeait les couples à se rapprocher.

« On ne sait plus où mettre les pieds », dit Philippe, assez content de pouvoir en profiter pour serrer José d'un peu plus près.

Alors, elle se colla franchement à lui, noua ses mains derrière sa taille et posa son front contre sa bouche. Quelques mesures passèrent. Philippe tremblait.

Ils revinrent à Neuilly, silencieux, Philippe, qui tenait la main de José, faisait toutes sortes d'acrobaties pour passer ses vitesses de la main gauche. Il en fit un jeu et voulut garer la voiture, d'une seule main.

Ils entrèrent dans la maison noire.

« On ne va pas allumer, dit Philippe, et le premier qui se cogne a perdu. »

Ils montèrent l'escalier et Philippe se jeta enfin sur José.

« Ça ne va pas, dit-elle. On ne couche pas avec la bonne. Tu vois les salades que ça ferait ?

— Tais-toi, dit Philippe. Tu le veux aussi, n'est-ce pas ?

— Je n'en suis pas sûre », dit José.

Et elle le planta là, dans le couloir, déçu, furieux, au bord de la passion, Puis, elle s'en alla prendre une longue douche froide et s'endormit en pensant que Santonel serait content d'elle : elle n'avait pas sa pareille pour, décidément, faire chauffer les trains.

Un soir, José trouva sur son lit un papier sur lequel Philippe avait écrit : « Je t'aime et j'ai du chagrin. » Cette simplicité l'émut. Aucune femme, aucune fille n'est insensible à des mots pareils. Elle était surprise aussi car, depuis quinze jours, Philippe l'évitait et ne lui avait pas adressé la parole.

Prétextant les examens proches, on ne le voyait même plus à l'heure des repas.

« Il m'inquiète, disait Simone. Cette manie aussi de tout faire au dernier moment, de traîner pendant des mois et, tout à coup, de se mettre à travailler le jour et la nuit ! »

Si elle avait su, la pauvre chérie, à quel point il travaillait peu. Si elle l'avait vu, la nuit, arpenter sa chambre, tantôt furieux, tantôt abattu, tantôt obsédé par l'idée de monter un étage pour aller violenter cette andouille, cette salope, cette José immonde et merveilleuse et tantôt jeté sur son lit, au bord des larmes, le visage dans le chandail qu'elle avait porté un soir et dans lequel il s'obstinait à reconnaître son odeur.

Il l'injuriait, cette vulgaire qui n'avait rien trouvé d'autre à dire que « on ne couche pas avec la bonne », après s'être frottée contre lui, tout un soir. Il aurait dû lui mettre une châtaigne, c'est sûr. Il aurait dû profiter de la maison déserte. Il était plus fort qu'elle, non ? Il aurait déchiré sa culotte, arraché son soutien-gorge et personne ne l'aurait entendu crier.

L'instant d'après, il était vaincu, bouleversé, adorant, masochiste. José, de bonne qu'elle était, devenait princesse inaccessible, créature sublime. Il écoutait sa voix au fond de lui. Il était une loque à ses pieds, prêt à baiser chaque marche qui montait à sa chambre. Jamais, jamais, aucune fille ne l'avait mis dans cet état. Ah ! comme les Marielle, les Christine et les Caroline étaient loin ! Même cette cochonne de Suzanne Fontemart qui lui avait sauté dessus quand il avait quinze ans, lui paraissait grotesque à présent. Et Dieu sait pourtant si elle l'avait fait rêver !

Ça lui avait été bien égal qu'elle soit une amie de sa mère et qu'elle ait vingt ans de plus que lui. Des fameuses vacances de Pâques, tiens ! « Confie-moi Philippe, disait-elle à Simone. Il est un peu pâlot, en ce moment. Je descends à Grimaud pour quinze jours, je l'emmène. Ça lui fera du bien. Il m'aidera à repiquer mes géraniums. »

Géraniums, tu parles ! Philippe n'avait pas la moindre envie de servir de jardinier à cette grande bêcheuse bronzée qui parlait trop fort. Il avait dit non. Simone Verraque s'était fâchée. C'était pour son bien et on ne pouvait pas faire ça à Suzanne. Allez, ne discute pas.

Allez, on l'avait embarqué ! Ils n'avaient pas repiqué beaucoup de géraniums. Suzanne était très maternelle, pleine de sollicitude. Elle venait même tous les soirs voir s'il était assez couvert dans son lit. Ça l'agaçait. Jamais sa propre mère ne se préoccupait de lui à ce point. Il n'avait rien compris jusqu'au jour où elle était venue fourrager dans son pyjama, sous prétexte qu'elle le trouvait un peu chaud. Elle était drôlement habillée, avec une salopette de soie à bretelles fines. Elle avait un parfum très fort et tous ses cheveux dans le dos, comme une petite fille qui vient de lâcher ses nattes. Non, il ne voulait pas qu'on lui tâte le ventre pour voir s'il avait de la fièvre. Il n'était plus un enfant, et se rencognait, furieux, à l'autre bout du lit. Alors elle, chahuteuse, s'était jetée à plat ventre sur lui et ils s'étaient battus, pas vraiment mais presque. Elle lui avait pété les boutons de son pyjama, cette conne. Et il se cramponnait à ses draps pour une raison idiote : il avait couru pieds nus dans le jardin l'après-midi et il avait eu la flemme de se laver les pieds avant d'aller se coucher.

Philippe était en train de se demander s'il allait oser dire merde à cette personne encombrante quand, tout à coup, ç'avait été le délice sous les couvertures. Les cheveux de Mme Fontemart étaient doux contre ses cuisses. A un moment, elle s'était relevée, les draps sur la tête :

« Tu aimes ça ? Eh, bien, dis-le ! »

Et elle avait replongé.

Oui, oui, oui, il aimait ça. Encore et encore.
Elle aussi d'ailleurs. On ne peut pas dire, elle
s'était très bien occupée de lui pendant ces
quinze jours. Des trucs incroyables. A la voir,
on n'aurait jamais imaginé ça d'elle. Son air
distingué. Son genre Parisienne-bon-chic, toujours bien coiffée, nette, habillée tweed et
chevrons, l'hiver, soie sauvage l'été. Avec des
bracelets d'or à grenailles au poignet. Une
mère d'élève golfeuse de la rue Michel-Ange.
Le style ménopause-connais-pas. Ce qu'il aimait
moins, après, c'est quand elle lui frottait le
ventre en disant : « Voyou voyou voyou ! »
Pour la punir, il disait : « Merci, madame ! »
Ça la foutait en rogne.

En rentrant à Paris, il passait chez elle, le
soir, en sortant du lycée. Elle habitait à deux
rues de chez lui. Son mari voyageait beaucoup,
en Amérique, en Australie. Il était quelque
chose dans la marine commerciale. Elle per-
mettait à Philippe de mettre ses robes de
chambre, de fumer ses Partagas. Un jour,
Philippe avait exigé qu'elle pose la photo du
marin, par terre, pendant qu'il lui faisait
l'amour. Et « papa », signé Harcourt, les avait
regardés faire, souriant de traviole dans son
cadre d'argent. Elle disait que ça n'était pas
bien. Qu'elle ne voulait pas qu'on l'appelle
« papa » et qu'il ne fallait pas mêler Robert à
ces choses. Mais il lui avait tenu la tête sur le
tapis pour qu'elle voit bien qu'il ne cessait pas
de rigoler.

Et puis, elle était partie rejoindre Robert à Sydney et Philippe avait souvent cherché, sur d'autres filles, le souvenir de sa peau douce un peu usée par la quarantaine et des permissions inouïes qu'elle lui avait données.

Tout cela était loin. Maintenant, il voulait José avec fureur. Et pas spécialement son corps mais ses pensées, son esprit, son âme, son cœur, toutes ces abstractions qui lui semblaient réelles et précieuses, pour la première fois. Il se demanda comment il avait pu passer tous ces jours, ces mois sous le même toit qu'elle, sans en être plus ému. Quel temps gâché ! Et le soir où il l'avait tenue dans ses bras, sans même se rendre compte de sa chance. Quel imbécile, il était ! Il avait dansé avec elle comme avec n'importe qui. Il avait tenu sa main, comme ça, presque machinalement. Alors, il posa sa propre main droite dans sa main gauche pour mieux se rappeler tout.

Il n'y avait plus qu'une chose à faire, maintenant : lui écrire une lettre bouleversante. Et il avait commencé : « José... Ma chère José... Mon cœur... Mon amour... Ma chérie... » Qu'est-ce que c'était bête, tout ça. Des mots de vieux bourgeois foutu. Il avait tout déchiré et recommencé, directement, sans mettre son nom, au début. Trois pages de délire qu'il avait déchirées une fois encore, parce que les mots, l'encre, le papier le trahissaient. Ce qu'il voulait dire était très beau, très fort, de quoi soulever une montagne. Et tout se ratatinait, une fois écrit, devenait con et ridicule. Alors, de rage, il avait gribouillé n'importe quoi sur un bout de papier, l'essentiel, la vérité vraie : « Je t'aime et j'ai du chagrin. » Et vers six heures, il était allé poser ça sur son lit, en vitesse, comme un voleur. Puis, il était allé se promener, jusqu'à la nuit.

En rentrant, il était plus calme. On verrait bien ce qui allait se passer, mais lui, il en avait marre d'en baver comme ça. La vie, sans elle, ne l'intéressait plus. Il lui donnait jusqu'à minuit. Si elle ne s'était pas manifestée, il se tuerait. Les pistolets ne sont pas faits pour les chiens et il avait toujours celui que Jean-Bernard lui avait vendu. Et trois balles : ça suffirait bien.

A dix heures, il sortit le revolver et tira à vide pour en vérifier le fonctionnement. Puis, il glissa les balles dans le barillet et, devant la glace de la cheminée, il posa le canon sur sa tempe, cherchant l'endroit fragile, sous les cheveux, au bout des sourcils.

Ça serait très bien. Il était prêt. Est-ce que ses parents oseraient dire qu'il s'était tué pour la bonne, ou bien inventeraient-ils un accident plus convenable ?

Logiquement, c'est José qui entendrait le coup de feu la première et qui le découvrirait. Bien fait ! Ça lui ferait un souvenir qu'elle n'oublierait pas.

Philippe reposa le revolver et s'accouda sur la cheminée, le doigt sur la tempe, pour imaginer son visage, après. La balle passera ainsi.

Normalement, elle ferait sauter l'œil droit et casserait tout le haut du front. Parfait, ce serait bien horrible. Et puis, il tomberait sans doute, là. Alors, par un souci de précaution dérisoire, Philippe repoussa la table basse qui se trouvait devant la cheminée, *pour ne pas se faire de mal en tombant.*

Il était tellement absorbé par les détails de sa propre mort qu'il n'entendit pas la porte s'ouvrir.

José était là.

« Tu déménages ? » dit-elle.

Il y avait dans le Balzac-Pléiade, une Duchesse de Langeais qui proférait des choses insensées. Voilà que cette folle se disait *consumée* par un amour sans espoir et se traînait — c'était ses propres paroles — *de l'oasis au désert.* José qui, elle, avait choisi vigoureusement d'être incombustible et de préférer une fois pour toutes la direction des oasis, ricanait. La Langeais se rattrapait pourtant un peu à la fin de sa tirade par une fière phrase qui ne voulait pas dire grand-chose, si on y réfléchissait bien mais qui du moins avait le mérite de claquer agréablement aux oreilles : Je veux être aimée irrésistiblement, ou laissée impitoyablement... Pour l'irrésistible, on ne risquait pas grand-chose.

C'est dire assez que l'amour faisait rire José, depuis l'amour maternel dont elle avait éprouvé les méfaits, jusqu'à l'amour de la patrie dont la fonction la plus claire est d'alimenter les cimetières et les prisons. Quant à l'amour-amour qui perturbait tellement les vies des êtres humains, elle ne devait pas être douée pour.

Heureusement qu'elle avait eu la grâce de comprendre très tôt que ce n'était là qu'une vaste blague à l'usage des littérateurs et des masochistes, ce qui est souvent la même chose. C'était une obsession qui se nourrissait et profitait de tout ce qu'on lui fournissait avec complaisance. Bien affamée, l'obsession crevait. En gros, il suffisait de prononcer le mot dangereux : j'aime, pour attraper un virus et que tout le processus infernal se déclenche, comme il suffisait de dire : je n'aime pas, pour demeurer sain d'esprit. Exemple : l'affaire Joullay : 1) Amour déclenché au Luxembourg. 2) Constatation : ça ne vaut pas grand-chose. 3) Amour stoppé deux ans plus tard sur lande charentaise. Rompez. Prenez vos distances. Fin de liaison.

Une fois le terrain dégagé, on y voyait plus clair. Une fois écartés les obstacles fantômes, on se sentait en possession d'une force impressionnante. On pouvait alors, par exemple, se laisser aller à goûter la douceur de quelques mots griffonnés sur un bout de papier. Et même descendre un étage au milieu de la nuit, pour aller constater les ravages opérés par le virus sur une personne non vaccinée. Et tâcher d'en profiter pour prendre son train.

« Tu es là ? dit Philippe qui n'en revenait pas d'un pareil miracle.

— Evidemment, dit José. Pourquoi pas ?

— Tu me sauves la vie, dit Philippe.

— Tu ne peux pas être un peu plus simple ?

— C'est une image, bien sûr », dit Philippe.

Et il s'adossa à la cheminée pour qu'elle ne voie pas le pétard qui lui paraissait soudain d'un ridicule achevé, accessoire de théâtre, élément de western. Elle était là et la mort en paumait sa majuscule. Elle était là, dans sa robe bleue, avec ses cheveux de lionne tordus sur la nuque. Elle était là, assise au pied de son lit, les doigts croisés autour de son genou et il pouvait lui sauter dessus s'il en avait envie. Il n'en avait pas envie.

De sa main gauche, il fit glisser une pile de cahiers sur le revolver et quitta la cheminée. Puis, il s'agenouilla au milieu de la pièce.

« C'est cela que tu veux, dit-il, que je te supplie à genoux? C'est fait.

— Tu dis n'importe quoi, dit José. Et tu écris n'importe quoi aussi, ajouta-t-elle, en tirant de sa poche le papier qu'il avait posé sur son lit, l'après-midi.

— Tu ne me crois pas, dit Philippe avec une grande douceur, tu ne me crois pas ?

— Non, dit José. Tu as envie de coucher avec moi, peut-être...

— J'ai envie de tout avec toi, dit-il.

— Je vais te prouver le contraire dans un instant, dit José.

— Ça me ferait mal, dit Philippe. Ou tu le fais exprès ou tu es la plus conne des connes si tu ne t'es pas aperçue... »

Le reste se perdit, car Philippe s'était mis à quatre pattes et arpentait ainsi la pièce, à grandes foulées souples, s'appliquant à tourner en croisant ses mains, quand il arrivait près du mur. Il faisait le clown pour cacher sa joie, par timidité et terreur qu'elle s'en aille. Elle riait en le regardant faire. Très bien. Il avait combien de temps, au juste, pour l'émouvoir, pour gagner la partie, pour la rendre, enfin, attentive ? Et que lui dire qui ne soit pas ridicule ? J'aimerais être un cul-terreux pour te prendre par la main et te faire sauter par-dessus les feux de la Saint-Jean ou t'enlever par le travers de mon cheval comme un rebelle mexicain et je te jure qu'aucun shérif ne nous rattraperait. Et faire avec toi ce qu'ont fait tous les vieux schnoques qui nous ont précédés et ce que feront tous ceux qui ne sont pas encore nés. Je voudrais t'embrasser les mains quand le soir tombe. Te faire courir dans la mer. Serrer ton poignet, en avion, quand tu as peur. Te retirer une épine du pouce en l'aspirant avec ma bouche. Te souffler dans les trous du nez pendant que tu dors, pour voir ta grimace. Glisser des bagues à tes doigts et des super-sardines dans ton assiette. Te faire l'amour dans un sleeping quand le train grince et qu'on crie dans la nuit que c'est Les Aubrais ! T'accueillir contre moi pour roupiller en douceur pendant les films de Robbe-Grillet.

Et rien de toi ne me dégoûterait. Tiens, si tu avais mal au cœur en bateau, je te tiendrais par les pieds pour que tu ne tombes pas à la mer et je t'essuierais la bouche après.

« Qu'est-ce que tu mijotes ? dit José.

— Je me disais que tu n'es pas la personne que je déteste le plus.

— Est-ce que tu partirais avec moi si je te le demandais ? dit José.

— Partons ! dit-il, n'en croyant pas ses oreilles.

— Tu sais ce que cela veut dire ? Quitter ta belle maison, tes parents, laisser tomber tes examens... Et tes amis ? Et tes bagarres contre les fascistes ?

— Non, dit Philippe, tout cela n'est pas très important. Si tu savais ce que j'étais prêt à quitter, il y a un quart d'heure ! Mais tu te fous de moi ou quoi ?

— Non, dit José. Et ta mère, ajouta-t-elle, elle va en faire un drame... ?

— Je n'ai plus douze ans, dit Philippe.

— Et où irons-nous ? dit José. Et le fric, tu y as pensé ? »

Non, il n'avait pas encore eu le temps d'y penser. Un détail. La seule chose qu'il avait retenue, dans cette avalanche de questions, c'est qu'elle avait envie de partir avec lui et il en était tout éclairé.

« Attends, dit-il en bafouillant de joie, attends, j'ai une idée... On a une maison près d'Arcachon. Les parents n'y vont jamais... Bon, je vais trouver les clefs... Le fric, j'en ai un peu... Pour deux, trois mois... Voilà, on va partir en vacances, on en a besoin... Oh ! José, embrasse-moi...

— Non, dit-elle. Plus tard. D'abord, partir. Et puis, après... »

« Et après, dit Fiona, raconte. J'aime bien quand tu racontes. Pendant ce temps-là, je ne pense plus à mes *disturbs*...

— Après, dit José, tu imagines... On est partis un soir dans sa voiture et on est arrivés au matin à Arcachon, *Villa des Pins*, avec un jardin qui dégringolait dans la mer dans une forêt de rhododendrons et de magnolias. Philippe a appelé sa mère au téléphone pour qu'elle ne s'inquiète pas. Contrairement à ce qu'on pensait, celle-ci n'en a pas fait un drame. Au contraire. Je crois que ça lui a fait plaisir, le secret avec nous, l'amour par procuration, tout ça. Il y a un côté maquerelle chez la bourgeoise esseulée. Elle nous a même envoyé de l'argent. C'est le père Verraque qui a fait le cirque, la crise de rage maison, le grand jeu, modèle banquier de luxe : montée du cholestérol, début d'infarctus, extinction du cerveau, délire comateux avec malédiction du fils incapable, bref, le malaise. Que son fils se tire comme ça, avec la bonne, à l'improviste, ça l'a rendu fou. Dans la banque, les coups de tête, c'est plutôt rare et mal vu.

— Et Philippe, dit Fiona, il était gentil avec toi ?

— Oui, dit José. Très gentil. Trop gentil. Ça ne lui a pas porté chance, le pauvre petit. Au bout de deux mois d'Arcachon, j'en avais ma claque. C'est drôle, c'est plutôt gentil la gentillesse, mais au bout d'un moment, on a l'impression qu'on est infirme. Quand il arrivait sur la terrasse avec le plateau du petit déjeuner, quand il se précipitait avec une serviette sur la plage, quand il me décortiquait mes langoustines, j'avais le pouls qui ralentissait. Et je me disais que j'étais une salope, tu comprends, parce qu'au fond, je l'aimais bien. Alors, évidemment, je lui en voulais. On déteste toujours les gens à qui on fait du mal. Un soir, je suis allée danser dans une boîte vulgaire. Il y avait plein de beaufs en liberté.

— Des bôôôfs ? dit Fiona.

— Des beaux-frères, dit José. Des beaufs, quoi. C'est une espèce française. Ça a la quarantaine et ça parle tout le temps de voitures. Si on les ouvrait en deux, on y trouverait un grand garage, façon avenue de la Grande Armée, avec pompes à essence, magasin d'accessoires et atelier de mécanique. Ça a des moyennes, quoi, et des petites idées sur le gouvernement. Ça lit *L'Express*, ça baise en yoga, ça bouffe zen et lyonnais alternatif, ça fouille les antiquaires et ça épouse des femmes à balancelles. Des bêtes d'autoroute qui vivent du samedi au lundi dans des fermettes près d'Orléans. Tu vois, poutres apparentes, carreaux noirs et blancs, piscine et fraisiers au

vrai fumier, s'il vous plaît. Ça dit que *Minute*
est un torchon et ça se précipite toutes les
semaines sur *Minute* avec une délectation mo-
rose...

— Aaaaaa, dit Fiona, *Minute*, Jean, il dit
cela !

— Jean est un beauf, dit José, ne cherche
pas.

— C'est drôle, dit Fiona, quand tu parles,
quelquefois, j'ai l'impression que je ne comprends pas le français.

— Ça ne fait rien, dit José. Fais semblant.

— Tu n'es pas gentille avec Jean, dit Fiona...
Continue... Tu étais avec les beaufs vulgaires...

— Ah oui, dit José. J'en ai attrapé un, ce
soir-là, et je ne suis pas rentrée de la nuit. Au
matin, j'ai retrouvé Philippe qui ressemblait à
un vieux camembert oublié. On s'est disputés,
je lui ai dit merde et je suis rentrée à Paris.
C'est une histoire triste. »

Elle s'approcha de la glace au-dessus de la
coiffeuse et, la bouche ouverte, tira délicatement sur sa paupière pour décoller le rang de
faux-cils qu'elle rangea soigneusement dans un
étui de plastique. Et puis, José regarda José
dans le miroir, en faisant toute une série de
grimaces, des culbutes de visage, pour récupé-
rer son image libérée de ses prothèses oculai-
res. José transformée, défigurée, refigurée,
transfigurée. Philippe lui-même ne la recon-
naîtrait pas.

Elle a changé ses cheveux de lionne contre
une petite tête ronde et lisse avec des mèches
luisantes comme de la peau de marron d'Inde.

C'est comme ça : que les filles entrent en mode ou en religion, on commence toujours par leur donner des coups de ciseaux dans la crinière.

C'est Franck Ladurie, lui-même, qui l'avait engagée en cinq minutes. Une sorte de coup de foudre dont personne, ni les modélistes, ni les habilleuses, ni les autres filles n'étaient revenus. Franck, du fond de son fauteuil, avait plissé ses yeux myopes et joint ses longues mains maigres. Il avait l'air camé à mort, délirant.

« Ne bougez pas, s'il vous plaît... Je vois... je vois... »

Il avait vu. Cette tigresse mal fagotée, ce terrain vague, cette personne broussailleuse lui tombait du ciel, à deux mois de la collection. Elle était exactement la fille qu'il cherchait depuis longtemps. Ensuite, tout avait été très vite. Cheveux coupés, lissés, un fond de teint pâle, foncez-moi l'œil au maximum, un rouge cuivré, j'ai dit, bon.

José avait été happée absolument. On se la repassait de main en main. Elle était palpée, emmaillotée, épinglée. On s'attelait à la fois à ses mains, à sa tête et à ses flancs.

Un jour, elle explosa de colère, de fatigue, hurla. Cela ne s'était jamais vu chez Franck Ladurie où la discipline était stricte. Ce qui s'était encore moins vu, ce fut la réaction de Franck, tout miel, qui lui proposa d'aller prendre un verre pour la calmer.

Elle en prit trois au bar du Berkeley et s'effondra. Non, elle n'était pas faite pour ce métier. D'abord, je ne sais pas marcher, tu veux la vérité ? Je-ne-sais-pas-marcher ! C'est la première fois, tu entends, que je me promène comme ça, les fesses rentrées... Je ne peux pas, moi, je ne peux pas me poser les jambes écartées ni faire la gueule fatale en tortillant du croupion ! Et j'ai des seins et je m'en fous ! Je me suis trompée ! J'ai cru que c'était tout simple et j'étouffe et je suis claquée !

Franck riait.

« C'est bien, dit-il. C'est tout ce que j'aime. J'en ai par-dessus la tête des filles à rayer les baignoires, qui défilent avec des gueules crispées comme si elles avaient la cliche. Et je m'en fous que tu ne saches pas marcher. Au contraire, cours, saute, si ça te fait plaisir. Rigole, danse, fais les pieds au mur, les robes s'en porteront mieux. Elles seront vivantes, tu comprends ? Ah ! j'aime quand tu es en rogne, tu me rappelles maman ! Ecoute, c'est bien simple, je fais toute la collection sur toi. Tu passeras ce que tu voudras. Maintenant, arrête ta comédie, tu vas bouffir. »

Le chouchoutage de Franck avait instantanément déclenché de furieuses jalousies. Sauf Fiona, la petite Anglaise. Et ça avait été bien pire après la collection, quand José, en un soir, était devenue la coqueluche de tout le monde. Une coqueluche assez peu maniable, il faut le dire. Non, pas de photos. Non, pas de cinéma. Non, pas chez Castel : ça sent le lapin et la fumée me pique les yeux. Non, non, non.

« Elle me fait hhhurler de rire ! » criait Franck, hystérique.

Et ce qui embêtait tout le monde, en plus,

c'est qu'on ne pouvait même pas dire que cette intrigante couchait avec lui. Parce que Franck et les femmes... A moins que vraiment... Remarquez, on a vu tellement de choses. Alors, on inventa des trafics, des protections mystérieuses, des saloperies crédibles. Sauf Fiona, la petite Anglaise, que José fascinait. Tiens, tiens...

Franck avait eu la bonne idée de passer la collection d'hiver à Nice. Negresco, festival, tout le monde serait là. On aurait la presse sous la main. Pas si folle, la guêpe !

Et voilà comment José se retrouvait avec Fiona dans une grande chambre du Negresco, ouverte sur la mer. C'est un hôtel dingue, rempli de couleurs et d'ors furieux qui couve des fêtes sans arrêt. Le silence des appartements ne veut rien dire. Il suffit de mettre le nez dans les couloirs, pour entendre, même en plein jour, la rumeur veloutée de ce que Lili Boudard, selon ses humeurs, appelait la vie de bâton de chaise ou la vie menée à grandes guides. On sent à tout instant que, dans les sous-sols, on écrase des pattes de homard, on gèle des verres, on renifle les bouchons-pucelages de vins violets. On tend des cordes de violons, on mesure l'éclat des lampes et les tziganes s'affûtent les moustaches à la pommade hongroise.

Le soleil tombe et le bruit de Nice entre par la fenêtre ouverte : des flots de voitures sur la

Promenade, de la musique quelque part et une voix italienne qui glapit.

« Je vais prendre une douche, dit José, ça va me remettre sur mes pieds. Secoue-toi, Fio-Fio !

— Pour quoi faire ? » dit-elle.

Fiona ressemble vraiment à un long chat doré. Un camaïeu d'or, pâle aux cheveux, plus foncé au ventre et bruni aux prunelles. Des seins délicats, la fesse pamplemousse. Elle était là, toute nue, sur son lit.

« Tu es belle, dit José. On est belles. La vie est belle. Tu sais que j'en connais beaucoup qui paieraient cher pour nous voir comme ça, toutes les deux ?

— Ça m'est égal, dit Fiona, puisque cet imbécile ne vient pas. Puisqu'il préfère sa grosse femme molle. Je ne suis pas belle. Je suis une fille qu'on voit en cachette, et c'est terrible... »

Voilà qu'elle allait se mettre à pleurer, maintenant. Il ne manquait plus que cela ! Elle roule un télégramme en boule puis le déplie : IMPOSSIBLE MA CHÉRIE/EMBÊTEMENTS IMPRÉVISIBLES/SERAI A ORLY DEMAIN/BAISERS/JEAN/STOP/

« Tu comprends, dit-elle, c'est chaque fois la même chose. J'attends, j'attends. Il dit je viendrai et, au dernier moment, impossible. Il dit le prochain week-end et puis non. Je reste seule. Il dit demain soir et j'attends toute la nuit. Il y a toujours quelque chose : ses enfants, sa femme, ses amis, son travail.

— C'est bien fait pour toi, dit José. Les hommes mariés, ce n'est pas confortable.

— Ça ne t'est jamais arrivé, à toi, un homme marié ?

— Si, dit José, j'ai vingt-cinq ans, qu'est-ce que tu crois ?

— Et alors ?

— Et alors, dit José en ouvrant ses deux mains, rien. »

Fiona se tourna sur le ventre, se rassembla en boule, enfouie dans ses cheveux, soudain décapitée. Ses épaules tremblaient. Elle allongea le bras et tâtonna sur la table de nuit, à la recherche de son tube de valium. José bondit.

« Ah ! non, pas ça ! J'en ai marre de te voir bouffer ces saloperies. Ecoute, ma vieille, arrête. Ecoute... Des hommes, il y en a plein Paris, plein Nice, plein la France et le monde. Même si tu voulais les avoir tous, tu n'y arriverais pas. Alors, pourquoi toutes ces salades à cause de ce malheureux beauf ? Est-ce que tu crois qu'il est désespéré, lui, en ce moment ? Non, figure-toi. Il mijote dans sa maison douillette. Il est peinard. Il ne risque rien. Même si sa femme savait tout, ça n'irait pas très loin : elle n'a pas envie de perdre son bifteck. Et lui, il n'a pas envie de perdre sa paix et son confort.

— Il dit que nous partirons un jour, mais qu'il ne peut pas maintenant, à cause de ses enfants.

— Mais bien sûr, dit José. Et comment donc ! Et comment font les orphelins, alors ? Ils ne vivent pas, les orphelins ?

— Tu es horrible, dit Fiona.

— Non, dit José, je vois clair. Je parie aussi

qu'il te raconte qu'il ne couche plus avec sa femme ?

— Ça, c'est vrai, dit Fiona. Il n'en a plus envie. Et elle est toujours malade.

— Elle a quel âge ?

— Au moins trente-cinq ans.

— Ah ! oui, dit José, et qu'est-ce que tu crois qu'ils font la nuit ? Qu'ils récitent leur chapelet ? Tu ne sais pas que même quand un homme n'a plus envie de sa femme, il la saute quand même de temps en temps. Parce qu'elle est là, à portée de sa main. Parce que dans un demi-sommeil, sa main à lui est tombée sur un bout de viande conjugale à la bonne température. Et qu'est-ce que tu veux faire d'autre, l'hiver, quand les nuits sont longues, quand la télé est plus dégueulasse que d'habitude ? Alors, le reste suit la main et il enjambe Marie-Thérèse...

— Elle ne s'appelle pas comme ça, dit Fiona... Elle s'appelle Laurence.

— Si tu veux. C'est pareil. Alors, il grimpe sur Laurence et il fait un peu d'exercice. C'est comme ça qu'on prolonge les familles. Mais, évidemment, il ne va pas te le raconter, parce qu'il n'en est pas tellement fier.

— Pourquoi tu me tortures, dit Fiona, d'un air dramatique. Pourquoi tu me dis ça, puisque, moi, je préfère ne pas penser à ces choses et le croire, lui... Tu sais, quelquefois, il est malheureux... Il dit qu'il n'en peut plus et qu'il a besoin de moi...

— Oui ? Et pourquoi il ne va pas vivre avec toi, alors ?

— Parce que Laurence, elle meurt toujours. Une fois, Jean est parti deux jours avec moi et, quand il est rentré, elle était dans un hôpital, d'urgence. Il y avait de la *blood*, partout ! Elle avait coupé sa... chose... là...

— Veine, dit José. On dit la veine. Ça veut dire chance, aussi. Et alors ? Elle n'est pas morte ?...

— Ça n'était pas très profond, dit Fiona. Elle avait téléphoné à une amie...

— Pas de chance ! dit José.

— Tu es horrible, dit Fiona.

— Non, dit José. Je dis tout haut ce que tu penses, c'est tout.

— Je ne pense pas ça, dit Fiona. Enfin... non, je ne pense pas ça. Lui, il était affolé, tu vois. Toute sa famille lui disait salaud et ses enfants pleuraient.

— Je vois, dit José. Tu n'as pas beaucoup de chance qu'elle se tue à nouveau. Il ne faut plus le voir.

— Je ne peux pas, dit Fiona. C'est lui ou personne.

— C'est ce que tu crois, dit José. C'est une idée de livre. C'est une idée de femme. Tu donnes tout et tu n'as rien. Tu attends et tu es seule. Un jour, tu seras vieille et seule, tous les garçons seront passés et tu n'en auras aucun.

— Mais toi, tu n'en as pas non plus...

— Moi, c'est différent, dit José. Moi, je m'en fous.

— Tu as eu beaucoup d'amants ? demanda Fiona.

— Deux cent vingt-sept et demi... »

Voilà. Fiona, enfin, riait.

« Ça fait *two hundred*..., dit-elle en s'asseyant pour saluer le score, en bonne petite Anglaise sportive qu'elle était.

— ... *and twenty seven and a half*, dit José. Ce n'est pas tout à fait vrai, mais ça fait un compte rond. En nouveaux amants. Mais si tu comptes en anciens amants, ça en fait vingt deux mille sept cent cinquante...

— Ah ! Ah ! et pourquoi plus un seul ?

— Bah, dit José. Ils ne me tiennent pas au corps... Ce que j'aime, c'est le début, quand on ne sait pas bien ce qui va se passer. Quand on se regarde en coin. Quand les yeux sont faux. Quand on se frôle, quand on s'attend, quand on peut se perdre d'une minute à l'autre. Quand tout est possible et qu'on ne sait pas lequel des deux est le plus timide, le plus hardi ou le plus ému. Quand on dit n'importe quoi pour ne pas dire l'essentiel. Les quatre secondes qui précèdent l'affrontement. Après, on sait. Après, ce n'est plus amusant. C'est comme une histoire qu'on a déjà entendue et qui ne vous fait plus rire parce qu'on en connaît la chute. »

Si José n'avait pas insisté, Fiona se serait couchée immédiatement, là, avec deux ou trois comprimés. C'est magique. On les avale avec un peu d'eau, on s'allonge et, en un quart d'heure, tout s'arrange. La gorge se desserre, les larmes s'arrêtent, les muscles s'assouplissent et toutes les sales questions qui se bousculent au fond du cerveau, s'éliminent, se dissolvent, se gomment, il n'y a pas d'autre mot. On s'enfonce peu à peu dans le calme, le tiède, à la vitesse d'une feuille de platane qui descend en se balançant sur une brise d'automne. On voudrait parler, on ne le pourrait pas. Pour quoi faire ? Les paupières se ferment toutes seules sur un sommeil d'enfant qui aurait joué à chat perché trois heures, à travers une maison de vingt pièces. Tranquille comme un robinet qui coule. Ce que cherchait Hamlet quand, au bout de ses crises de rien, il voulait dormir, dormir et peut-être rêver. Bonne idée de publicité : Hamlet, acte trois, scène deux, empoigne son tranquillisant. C'est tellement simple. Fiona est une Anglaise simple.

José, qui est une Française compliquée, n'admet pas les cures de sommeil. Puisqu'on dormira tout le temps quand on sera mort, il y a autre chose à faire, en attendant, qu'à se transformer en loque sur commande. Cette Fiona commence à la courir mais, bon, elle ne peut pas la laisser, dans l'état où elle est, ce soir.

Alors, il faut l'obliger à se lever et à s'habiller.

Elles sont sorties, toutes les deux. Les gens flânent sur les trottoirs de la ville douce, et des garçons sifflent la blonde et la fauve qui s'en vont bras dessus, bras dessous. Non, elles n'ont besoin de personne pour les accompagner. Merci, merci. José dit qu'il faut toujours faire comme si la vie venait de commencer et, d'abord, dîner près du marché aux Fleurs. Fiona n'a pas faim. Ça ne fait rien, tu me regarderas. Et Fiona, tout à coup, a faim. L'appétit de José est contagieux, irrésistible.

Elle avait raison. Après un plat d'oursins et une bouteille d'entre-deux-mers, Fiona est au bord du sourire et ne conserve plus qu'un fond d'air grave qu'elle s'impose un peu par décence, parce qu'on ne peut tout de même pas s'esclaffer deux heures après avoir reçu un télégramme aussi poignardant. José exagère. Elle ne respecte rien. Elle serait capable de commander un plat d'oursins devant le cadavre de sa propre mère, et de les manger avec appétit.

La sauce veloutée du saint-pierre et la

deuxième bouteille de vin sont venues à bout
de Fiona. C'est même à partir de ce moment-là
que la nuit s'est couverte d'un brouillard léger
et que Fiona est entrée dans un oubli bien
supérieur à celui des tubes de comprimés.
Tout change, tout s'éclaircit. Ainsi, les gens
attablés alentour ont des visages adorables sur
lesquels la bonté et la compréhension sont évi-
dentes.

Plus tard, dans le taxi qui les emporte, Fiona
déclare qu'elle veut se baigner... Elle chante et
envoie des baisers par la vitre baissée de la
portière. Le temps d'un feu rouge, elle jette ses
bras autour de José et l'embrasse sur la bouche, ce qui fait onduler le crâne du chauffeur
qui a tout vu dans le rétroviseur. Fiona s'en
fout.

« Tu sais ce que tu es pour moi ? dit-elle. Tu
es ma prise de courant.

— Arrête, dit José en se dégageant. Tu vas
faire sauter mes plombs. »

Fiona se rencogne, béate. Elle est parfaitement ivre et toutes les lumières de Nice se
reflètent au passage dans ses yeux anglais. Il
n'y a plus qu'à se laisser faire. José, penchée
sur le dossier de la banquette avant, parle au
chauffeur. Le taxi vire dans une petite rue,
s'arrête.

« Ce n'est pas l'hôtel, dit Fiona.

— Non, dit José, c'est la fête qui continue. »

Le bar de Mania ressemble à une isba de
Tolstoï, installée au fond d'une cave. Tout en
rondins, le plafond, les murs, les tables. Le
chauffeur de taxi a dit : « Vous pouvez aller

chez Mania », et Mania est là, avec ses soixante
ans imbibés de vodka. On se soûle rien qu'à
la regarder, car son visage parcouru de tics est
mouvant comme la surface d'un étang où l'on
vient de jeter une pierre.

Et Mania prend les deux filles par le coude
et les pousse vers le fond de l'isba, pour leur
trouver une place, sur l'une des tables en rondins. Elle se fraie un passage familièrement,
pousse un genou, appuie sa main à une épaule.
Elle tutoie tout le monde. On croirait qu'elle
a élevé tous ceux qui sont là et qui boivent
dans l'obscurité, tandis que dégringolent, des
rondins plafonniers, des chants mélancoliques
de la vieille Russie. L'isba de Mania est un
refuge. Une famille en exil y attend la fin
d'une alerte. Mania est la nounou de l'oubli
qui rassure tous les Niçois de Saint-Péters-
bourg, tous les Russes de la Côte d'Azur. Sa
main tremble quand elle remplit les verres
et la vodka déborde.

José pense à Miss Brooklet et à ses histoires
d'orage. Il y a soudain de l'angoisse dans les
steppes de Mania. José regarde Fiona qui boit
d'un trait et entre en béatitude. Celle-là, il va
falloir aller la coucher, tout à l'heure. Elle se
fie à sa prise de courant. Et moi, pense José,
et moi, il faut que je trouve mon courant
toute seule ! Elle voudrait, comme Fiona,
souffrir franchement parce qu'un homme n'est
pas venu et sourire, confiante, au fond de son
verre, parce qu'elle sait que, de toute façon,
la nuit s'achèvera d'une manière ou d'une
autre, que quelqu'un l'aidera à monter l'esca-

lier, qu'on ne l'abandonnera pas et qu'elle se réveillera demain matin, dans son lit, quoi qu'il arrive. José l'envie.

« A Londres, dit Fiona, j'ai fait l'amour pour rire... Il ne faut pas le dire à Jean. Tu me jures ?

— Juré, dit José.

— A Londres, dit Fiona, le divorce n'existe pas bien. Il faut que les hommes soient adultérés, pris au lit. Alors ils louent des filles et les amènent dans des hôtels faits pour ça. On prend rendez-vous avec la loi et on ne ferme pas la porte à clef. La femme de chambre sait. Elle entre et elle pousse un cri. Après, c'est fini, on peut se rhabiller. L'avocat a l'adresse et il vient payer la femme de chambre.

— Et tu ne faisais pas vraiment l'amour ?

— Quelquefois, quelquefois... Avec Jonathan, oui. On avait sonné et la femme de chambre n'arrivait pas. On attendait sous les draps. On parlait. Il était doux, Jonathan. Il s'occupait d'une école qui casse les complexes des enfants insupportables. Il me racontait... Il voulait divorcer parce qu'il était amoureux d'un professeur de son école. Et sa femme s'en foutait. Alors, il était tombé sur moi, pour faire semblant, parce que la professeur elle ne voulait pas aller à l'hôtel. Ils devaient se marier en juin... Et la femme de chambre n'arrivait pas et on attendait. Et Jonathan a allumé une cigarette. Il a pris le cendrier en passant son bras au-dessus de moi... Il m'a touchée sans le faire exprès et sa cigarette elle est morte toute seule dans le cendrier, ah ! ah !... *You see ?* Et quand la femme de chambre est entrée, trop tard, trop tôt, elle a vraiment crié, parce qu'on était sur le tapis... Et puis on est resté un an ensemble, Jonathan et moi. On habitait à Hampstead. Tu connais Hampstead ?

— Non, dit José.

— C'est très beau. J'avais un jardin à Hampstead et puis un chien que je promenais dans le parc...

— Ne parle pas de chien, dit José. Je ne supporte pas.

— Et Jonathan, il est parti en Australie... Voilà. Tu as déjà vécu avec un homme ?

— Non, dit José, pas vraiment. J'ai essayé, mais pour moi, ça n'est pas bon. Ça se casse.

— Comment ça se casse ?

— Ça s'émiette, dit José, ça s'effrite, ça se bousille, ça s'évanouit je ne sais pas comment te dire... Les boules de mercure d'un thermomètre cassé ; tu crois que tu as le doigt dessus et tu n'attrapes rien. C'est comme ça pour moi, l'amour. »

Il y a des verres magiques qui ne se vident pas. Trois fois on croit les avoir bus et trois fois ils sont pleins. A peine le temps de surprendre au passage la main fleurie de pâquerettes de cimetière d'une vieille Russe. Mania, sorcière, serveuse de philtre fort, tu exagères mais tu sais ce que tu fais.

Le visage de Fiona tremble de l'autre côté de la table comme les choses de l'été à travers les brumes de chaleur. C'est le feu de la vodka qui s'élève lentement. José parle et s'entend parler, dédoublée, se voit là, face à Fiona qu'elle a entraînée jusqu'ici pour la consoler et — c'est trop fort — c'est moi qui parle, moi José sans chagrin, moi la prise de courant qui débloque soudain.

« Tu m'écoutes ?

— Oui », dit Fiona, qui béquille son menton avec ses deux mains.

Et voilà : je parle à Fiona qui m'écoute avec sa tête de vache qui pleure. Je parle en français très très vite. Il y a de grandes chances pour qu'elle n'en attrape que la moitié mais elle fait semblant de me suivre, parce que je lui fous la trouille. Pendant qu'elle s'efforce d'être polie, elle oublie d'être malheureuse.

« Mon premier m'a balancée dans la lande, dit José. Mon second s'appelait Renaud, était minet de bonne famille. Mon troisième était fou avec un nom en six morceaux. Mon quatrième, je crois bien que je l'ai paumé au mont Saint-Michel. Tu vois, ma vie c'est une charade...

— Charade, *what...* ?

— Laisse tomber.

— Oui, oui, dit Fiona, soûle et conciliante.

— Je m'explique, dit José, prise d'une énergie diabolique. Renaud détestait le chorizo ; il prétendait que ça sentait le vinaigre, l'âne et la mort. Un soir, au restaurant, je lui en file un tout petit bout sur ma fourchette : « Mange

« seulement cela, mange Renaud, mange par
« amour pour moi. » Il me répond, l'imbécile,
que c'est idiot et malsain de mêler le chorizo
et l'amour. Alors, je me suis levée et je l'ai
quitté pour toute la vie. J'ai traîné cette nuit-
là, dans Paris, en regardant autour de moi pour
voir s'il n'y aurait pas, par hasard, un brave
papa des familles qui m'aurait parlé de la vie
en m'appelant mon petit. Mais les papas, à
trois heures du matin, sont couchés. Il n'y avait
que des grands-pères vénéneux ou des frelu-
quets mous.

— Freluquet... ?

— Plus tard, Fiona, plus tard, je t'achèterai
un dictionnaire.

— *Right ! Go on...*

— ... J'ai fini au Rocket's, à l'heure où Bon-
bon Youpala sortait de scène. Les bravos pleu-
vaient encore à verse quand je suis entrée dans
sa loge. Il a quitté sa jupe de plumes, il m'a
embrassée et a tout de suite vu que ça n'allait
pas fort et qu'il fallait m'emmener dormir au
chaud... Il avait une paire de seins superbes
qu'il s'était fait pousser à la cire. Il m'a permis
de toucher : c'était froid. Lui aussi, il détestait
le chorizo mais, pour moi, il en aurait mangé
trois kilos, à ce qu'il disait... Mais qu'est-ce
que je pouvais faire d'un travelot, je te le demande ?... Le fou en six morceaux, c'était autre
chose. Comte, maigre, trente ans, la dent friable
et le teint blême des descendants de longues
familles. Pierre de Férieuse, de Maribar de je
ne sais plus quoi encore. Je le trouvais tous
les jours installé derrière les orangers de chez

Ladurie ou au premier rang des collections. Il n'avait rien à faire dans la vie, apparemment, qu'à se casser en deux devant moi. Sa voiture était un porte-avion qui avait à peu près la taille de la rue Royale, avec des portières qui se refermaient en expirant. Moi, je n'avais qu'à désirer, qu'à commander. Allons chez Prunier ? Allons chez Prunier. Deauville ? Deauville. Parlez, Pierre de Férieuse, votre silence me donne de l'urticaire. Il parlait. Taisez-vous, Pierre de Férieuse, votre voix compassée m'exaspère. Il se taisait. Il m'emmenait à Honfleur pour me donner bonne mine. C'est là, au bord du bassin, qu'il a sorti de sa poche le collier de saphirs des Férieuse, offert par Napoléon à une demoiselle de Maribar dont la bouche astucieuse avait réjoui, un matin, la braguette impériale. Les femmes de sa famille, disait-il, n'avaient jamais porté ce collier qu'en rougissant. Sa mère ne rougissait plus : elle était morte en 1932. C'est comme ça que la récompense d'un pompier historique est passée à mon cou. Moi, je ne peux pas rougir. Au pire, je deviens verte... Il voulait que je l'épouse. Il le réclamait tous les jours, assis, à genoux, à quatre pattes. Il m'a envoyé son père, un soir, chez Lipp. Le vieux marquis était furieux et son monocle en tombait dans la choucroute. J'ai bien ri. J'ai perdu beaucoup de temps à expliquer à cet entêté que sa noblesse n'étant que d'Empire et la mienne rien du tout, il me fallait au moins un fils de saint Louis. Et puis, ce jeune tambour n'était pas assez riche. Ça

le rendait fou. Il me balançait ses fermes de
Normandie, son château de Touraine, ses
immeubles du boulevard de Courcelles et ses
rentes en Suisse. Il ajoutait à cette liste ses
esquisses de Rembrandt, ses deux Van Gogh,
une peinture à l'œuf de Piero della Francesca,
un mouchoir de Mozart, des vignes en Anjou,
ses trente ans et sa passion. Alors, je lui disais
qu'il était trop maigre et que son haleine abat-
trait un essaim d'aoûtats. Non, je n'avais pas
envie de visiter sa literie. Soit, il acceptait de
vivre chastement avec moi. Il s'y ferait, disait-
il. La perspective même d'être alors le plus
grand cocu de Touraine et d'Anjou ne le rebu-
tait pas... « Si cela ne se sait pas trop, disait-il.
« — Vous ignorez que j'aime que mes amants
« me promènent à midi, au soleil, à l'heure
« où les présidents desserrent leurs cravates
« aux terrasses des estaminets, à l'heure où les
« langues de vipères comptent les points des
« adultères, où les femmes honnêtes rentrent
« du marché et jalousent furieusement tout ce
« qui ne porte pas cabas, tout ce qui va les
« mains nues. J'aime, à cette heure-là, que l'on
« m'adosse à un mur chaud, à une vitrine, à
« une porte de percepteur et que l'on s'allonge
« jusqu'à ma bouche... Je me tiens mal, Pierre
« de Férieuse, et je crains que vos saphirs
« retournent à leur source. — Souffrir pour
« vous, quelle joie ! — Arrière, masochiste !
« Comment pourrais-je être la femme d'une
« personne aussi ridicule ? »

— Ah ! ah ! dit Fiona... Et le mont Saint-
Michel ?

— Ça, c'est de ma faute, dit José. J'ai voulu retomber en enfance un soir de Noël, alors que Noël est maudit pour moi. J'avais au bord du cœur une sorte de « prince Eric » qui se nommait Alban. On était partis ce soir de Noël, pour déserter le monde ennuyeux des grandes personnes, leurs dindes et leurs sapins. Nous voulions trois choses : faire l'amour dans le Mont désert, manger un homard et aller à la messe de minuit pour y retrouver l'émerveillement d'autrefois. Il bruinait sur la route déserte et la voiture marchait bien. J'allumais les cigarettes d'Alban et je les lui tendais près du volant avec une grande bonne volonté de tendresse. C'était *pisse-foule*, comme tu dis dans ta langue barbaresque... Au Mont, tout a commencé à se déglinguer. Les hôtels étaient bourrés de plouks et de ploukesses, d'ingénieurs et d'ingénieuses en goguette. Personne ne voulait de nous. On n'avait pas *retenu*. C'était Bethléem. On a fini par trouver une chambre au bout de la digue, à deux lits jumeaux, avec vue sur des pompes à essence. Ça ne fait rien, a dit Alban, je vais t'emmener dîner à Saint-Malo, nous reviendrons pour la messe. Saint-Malo, il avait toujours voulu m'y emmener, disait-il, parce qu'il y était né. Ah ! les cavalcades sur les remparts ! Il se prenait pour Chateaubriand. J'ai commencé à vraiment le regarder de travers quand il s'est lancé dans une conférence sur l'admirable reconstruction de Saint-Malo, efforts architecturaux remarquables, toits d'ardoises et pierre de taille, taguala... Il parlait comme

Le Figaro littéraire et une grande tristesse me
tombait sur les pieds. Ça a duré pendant vingt
kilomètres. J'ai mieux aimé qu'il aborde le
sujet de nos futurs homards qu'il voyait énormes, arrosés d'armoricaine crémeuse, sur une
table de la « Duchesse Anne ». J'en devenais
sentimentale, toute retournée. Mais le malé-
fice nous poursuivait. La Duchesse était partie
aux sports d'hiver et toutes les bonnes man-
geoires du rempart avaient fermé pour rester
en famille. « On a fini dans un hôtel minable,
devant des fruits de mer ridés, dans une salle
à manger atroce où une famille de jeu de mas-
sacre fêtait les fiançailles de deux nigauds
qui se suçaient la pomme entre des touffes de
jacinthes, sous les regards congestionnés de
leurs parents qui les photographiaient au pola-
roïd. J'avais envie de vomir et je détestais
Alban de m'avoir emmenée là. On a quitté cet
« Hôtel de Jersey » et on est repartis pour la
messe du Mont. On y mettait encore de la
bonne volonté mais l'atmosphère se dégradait
d'heure en heure. Raté le homard, il nous restait l'amour et le recueillement. Ce dernier
s'est anéanti en fou rire, quand je me suis pris
le pied dans une tombe du cimetière qui entou-
rait l'église, m'étalant sur la veuve Blondeau
née Lucienne Malardier 1880-1937. La défunte,
troublée dans son sommeil, m'avait déchiré
mon pantalon en m'agrippant par un coin de
sa couronne de fer sur laquelle rouillaient
d'éternels regrets. « Arrête, hoquetait Alban,
arrête ! J'en peux plus ! » Un rire nerveux
nous avait mis aux yeux de mauvaises larmes

d'enfants fatigués. On est tout de même rentrés
dans l'église en se jurant de ne pas se regarder
pour ne pas éclater. Là, la messe s'achevait
presque. C'était comble, tout parisien. Des
belles-sœurs en foulard d'Hermès qui chan-
taient le divin enfant avec la voix de Juliette
Greco. Nous, minables, trempés de rire près
d'un bénitier. Le fou rire réprimé nous rava-
geait, nous donnait des convulsions. On a tout
de même essayé de réciter le Notre Père avec
les autres, mais on ne le savait même plus.
Voilà qu'on y tutoyait le Père, à présent, et
qu'on n'y succombait plus à la tentation. Les
mots n'étaient plus les mêmes. On faisait tromper toute la rangée avec notre prière démodée.
On nous regardait de travers et Dieu ne voulait plus de nous... La messe râpée après le
homard, on a renoncé à l'amour et on est
allés dormir, chacun pour soi, dans nos lits
jumeaux. Je n'ai jamais revu Alban. »

Le type arriva entre nuit et jour. Chez Mania, le temps était vague et l'aube ne descendait jamais l'escalier. Il était là, sans doute, depuis longtemps, mais on ne l'avait pas vu. Il renversa le verre de Fiona et posa carrément ses deux mains au milieu de la table, absolument comme s'il était chez lui.

« Vous ne pouvez pas faire attention ? dit José. Allez-vous-en... »

Il se mit à rire, la tête dans les épaules, et ne répondit pas. Il mordillait une allumette et regardait Fiona.

« Allez-vous-en, répéta José. Nous n'avons pas envie de vous parler. Nous n'avons pas envie de vous connaître. »

Qu'est-ce qu'elle racontait celle-là ? Il s'en fichait bien. Ne l'entendait même pas. Fiona le fascinait et il avança délicatement sa grande main vers les longs cheveux pâles de la jeune femme, comme un enfant qui tend les doigts vers la lumière.

« Eh bien, c'est ce qu'on va voir », dit José, exaspérée par cette indifférence méprisante.

Mania, avertie secrètement que quelque chose de désagréable s'annonçait, apparut.

« Enlevez-moi ce type, dit José sèchement. Nous voulons être tranquilles !

— Laisse-le, ma fille, dit Mania. Je le connais, il n'est pas méchant. Il ne te fera pas de mal. »

Et elle ajouta plus bas : « Il boit seulement un peu trop. » Ce qui était comique dans sa bouche de vieille ivrognesse.

José voulait partir immédiatement mais un regard de Fiona disait d'attendre et qu'on allait bien voir. Le regard de Fiona était accueillant, tolérant, curieux, suppliant. José céda.

Le type s'était assis près de l'Anglaise et la regardait en souriant. Elle sortit une cigarette pour se donner une contenance et il lui tendit du feu. Fiona aurait bien aimé attraper le regard de José une fois encore, pour s'assurer de sa complicité mais José boudait, absente subitement, agacée par cette familiarité de Fiona qui lui apparaissait comme une sorte de trahison, d'abandon. Elles étaient bien, toutes les deux, non ? On l'aurait tuée plutôt que de lui faire avouer qu'il y avait aussi de la jalousie dans sa mauvaise humeur. C'est Fiona qui avait attiré ce type, c'est elle qu'il avait vue, d'abord, et à qui il parlait, maintenant, à voix si basse que, même en tendant l'oreille, elle n'entendait rien.

Fiona riait, Fiona faisait bouger ses cheveux. Elle minaudait, cette gourde. Elle avait déjà oublié son mauvais télégramme. Elle était visiblement prête à repartir. José, tout à coup, la trouva terriblement vulgaire, la britiche.

Le type avait appuyé ses coudes sur la table et José ne voyait que son dos large qui tendait la veste d'une épaule à l'autre et la nuque d'un blond gris, couleur de cheveux d'enfants. Il n'était pas un enfant. Trente ? Quarante ? On ne sait pas bien avec les hommes.

D'où venait la tristesse de cette heure ? Les tables se vidaient alentour. José suivit un instant les gestes d'un couple qui s'embrassait besogneusement, en se rongeant la bouche sans se lasser. Mania, au bar, somnolait en faisant aller sa mâchoire de gauche à droite. Les bougies qui éclairaient les tables s'effondraient autour des bouteilles.

« Tu viens ? demanda Fiona, on va dormir...

— Fatiguée ?

— Il est tard, dit Fiona.

— Je vais vous raccompagner, dit le type.

— Moi, je reste encore un peu, dit José. Je te retrouverai tout à l'heure. »

Elle embrassa Fiona et s'arrangea pour ne pas saluer le type qui réglait les consommations en sortant en vrac des billets de sa poche.

Puisqu'ils s'entendaient si bien, elle ne voulait pas avoir l'air de les suivre, de les coller. Ils s'éloignèrent, se fondirent dans l'escalier, et l'humeur de José, tout à coup, s'apaisa. Tout était bien ainsi. Elle avait fait ce qu'elle avait pu pour distraire Fiona de son chagrin. Le but, visiblement, était atteint. Elles riraient de cette histoire, demain, en rentrant dans l'avion.

José, gaiement, commanda une bière. Elle allait attendre un quart d'heure et puis elle appellerait un taxi pour rentrer à l'hôtel.

Lili Boudard, par exemple, n'y croirait pas. Enfin, personne n'y croirait, avec l'éducation que je t'ai donnée, avec tout ce que tu as reçu, ce n'est pas possible ! Ils diraient qu'elle est malade, caractérielle, déséquilibrée, obsédée, immature, tous les gros mots modernes que l'on jette à la figure de ceux qui se laissent aller à la vie. Lili se mettrait à pleurer instantanément et lâcherait sans doute quelque sottise proverbiale, style la-mère-de-Saint-Louis, l'horrible Clanche de Bastille. « Ah ! j'aimerais mieux te conduire de mes mains au cimetière plutôt que d'apprendre que ma propre fille, à Nice... »

Les psycholâtres l'emmèneraient immédiatement au divan, à cent francs de l'heure pas remboursés par la Sécu, pour lui lessiver ses sales manies. Qu'elle explique comment la chose lui est venue, au moment précis où elle allait se lever pour quitter l'isba de Mania. Jusque-là, elle était normale. Elle avait réglé sa bière (on dirait un mort honnête, ah ! ah ! réglé sa bière !) et s'apprêtait à rejoindre son hôtel pour dormir.

Bon. Tout à coup, une main lui tombe sur l'épaule. Deux mains, une de chaque côté. Quatre doigts sur les clavicules, les pouces dans le dos, et elle entend une phrase du vieux répertoire : « Enfin seuls ! » Elle voit le type qui s'assoit près d'elle, comme si de rien n'était. Comme s'il était venu la chercher depuis toujours. Comme s'il avait passé sa vie et sa soirée à attendre ce moment. Et c'est le premier malaise, parce qu'il a retiré ses mains d'elle. Elle a presque envie, l'éhontée, la malade, avant même de lui demander ce qu'il fait là, de le prier de remettre ses mains comme tout à l'heure, pour commencer... Mais non, je vous vois venir : je n'ai jamais été amoureuse de mon père, si c'est ça que vous voulez dire. Je refuse même d'aller lui poser des bégonias sur les os, quand c'est sa fête, alors, vous voyez bien...

L'important, l'urgentissime, était de découvrir pourquoi « enfin seuls » et ce qu'il avait fait de Fiona. Déposée, Fiona. Balayée. Elle dort déjà sans doute, ne vous inquiétez pas. C'est elle, José, qu'il voulait voir. C'est vous. Taisez-vous, vous allez dire n'importe quoi. Venez.

Et le regard gris-bleu du type pompe son visage, l'aspire, la fait lever de sa chaise. La magie, vous comprenez... Il la lève et il l'emporte par l'escalier de l'isba, par les rues désertes d'avant l'aube. Il la tient haut sous le bras, les doigts contre son aisselle, comme on tient les voleuses pour les amener au poste, sans serrer trop fort parce qu'elles sont des femmes mais en se méfiant tout de même parce qu'elles sont agiles et perfides.

Mais on peut parier que celle-là ne se sauvera pas. Elle avance en béatitude sous les palmiers cernés de mauve. Le vent de la mer, vivant à cette heure, saute par-dessus le front des villas tarabiscotées, blanches et dorées, rebrousse au sol des épluchures de cacahuètes. La fête est éteinte sur la ville endormie qui reprend des allures grecques. Les croupiers se retournent dans leurs lits et ratissent dans le vide.

Le type ne dit rien. Il mange une allumette, la tête haute. C'est une manie qu'il a, il doit en dévorer plus d'une boîte par jour. Il se retourne de temps à autre comme pour vérifier qu'il n'est pas suivi ou comme s'il cherchait quelque chose. Il est sur la défensive et puis, tout à coup, il crache son allumette et sourit. Il dit qu'il s'appelle François. François Beaufils. Sa voix est chaude et fait goûter tout de suite le prénom de François, en ouvrant la dernière syllabe. Françoâ. Un grain de breton dans l'accent. Et toâ ? — José, dit José. Et il rit parce que ce n'est pas un nom de fille, mais, dit-il, un nom de douanier espagnol. Il a pressenti Joséphine. Il ne l'appellera pas autrement. Il est le premier que ce prénom ne fait pas rire. Il lui redonne au petit matin le nom de sa naissance, le nom exceptionnel des moments graves : « Joséphine, ton père est mort... Joséphine, cette fois, tu as dépassé les bornes... » Il vient de la baptiser une seconde fois.

Il ne l'a même pas encore embrassée, quand

la rue Halévy les pose sur la Promenade. Ils sont encore un homme qui raccompagne une femme au petit matin. L'imprudence, jusque-là, est légère. José a encore le choix : à droite, le Negresco, à gauche, la gueule du loup. A droite, la raison, la sagesse, la tenue, à gauche, l'hôtel des Suisses. L'alternative est trop courte pour qu'on hésite.

Le Négresco ne valait pas la gueule du loup, et François a pris sa main pour escalader l'hôtel des Suisses.

Il n'a pas besoin de commander pour que José obéisse. Voilà, il aura fallu qu'elle attende vingt-cinq ans pour découvrir subitement qu'une femme peut être capable de tout ce qu'on lit dans les livres érotiques. Que deux cent vingt-sept amants et demi peuvent vous laisser vierge.

Elle invente et découvre, ce qui veut dire la même chose. Les trente-six chandelles de rigueur y sont et la trente-septième. Elle s'ouvre, se défait, se rassemble, glisse, rampe, parle, murmure, meurt, ressuscite, accepte, s'étonne à peine, encourage, ose, propose, précède, attend. Elle danse et chante et communie. Règne et s'agenouille. Subit et impose. Puis, elle demande grâce.

La fenêtre est une carte postale avec mer bleue sur sable blanc, promenade et palmiers. La glace de l'armoire reflète un champ de bataille. Joséphine s'endort entre la carte et le champ. Demain, tout à l'heure, elle partira comme une somnambule égarée en plein soleil. Elle emportera quelques mots qui sont un talisman. Il a dit : « Je suis là. » Il a dit : « Malheur à nous si on se quitte ! »

L'avion râpe la piste le long de la mer et décolle dans le bleu turquoise.

PAR horreur du quiproquo, de l'appel qui se perd dans le vide, du rendez-vous manqué, pour avoir toutes les chances de son côté, elle a mis son téléphone aux abonnés absents. Et prenez bien les messages s'il vous plaît. Les mais-sois-sage...

Ainsi, elle se réserve au moins deux surprises par jour, le soir, un appel téléphonique, et le courrier du matin. *Il* n'a sûrement pas perdu le bout de papier avec l'adresse. De toute façon, *il* sait qu'elle est mannequin chez Ladurie. Tout le monde connaît Ladurie. Il y a tout un placard dans l'annuaire, alors c'est facile, facile de la retrouver !

Elle ne sort plus le soir. Elle mène une vie de femme mariée qui rentre, peinarde, à sept heures, pour retrouver sa petite famille. La seule différence, c'est que la femme mariée, elle, ne s'engouffre pas dans son ascenseur, avec ce désir fou d'être déjà en haut. Elle est moins impatiente. Elle sait ce qui l'attend. Elle ne bavarde pas avec Roux et Combaluzier, ces deux guignols, pendant cinq étages.

Quand José pose sa clef dans la serrure, elle est cardiaque. Quand elle décroche l'écouteur, elle a du coton dans les genoux. Mais rien. Des appels, il y en a eu pourtant. Cinq, six. José, trépignante, écoute la voix de la standardiste qui épèle des noms de photographes, d'amants passés ou qui étaient à venir il n'y a pas si longtemps, des amis d'enfance. Et puis, c'est tout ? C'est tout. Merci, merci. Rien. Merde.

Il faut quand même se nourrir, n'est-ce pas ? La concierge a mis des œufs et de la salade dans le Frigidaire. José laisse la porte de la cuisine ouverte pour entendre la sonnerie du téléphone. Tant pis si tout le studio sent l'œuf au plat. Maintenant, l'abonnée est présente jusqu'au matin. Tu peux m'appeler, tu sais, je suis là...

C'est Britiche-Fiona qui n'en reviendrait pas de la voir ainsi grouiller d'impatience, surtendue, l'oreille affûtée. Le ronflement du moteur de l'ascenseur qui monte, qui monte comme une grosse bête carrée, suffit à la projeter sur le palier. Il monte, c'est sûr, puisque le contrepoids descend dans la cage de verre. Dieu, donne-moi un coup de main, s'il te plaît ! Prends Beaufils par la peau du cou et pose-le-moi dans cet ascenseur. Pousse-le jusqu'au cinquième, par Roux et Combaluzier... Non, c'est raté. Le câble ne bouge plus. La bête s'est arrêtée au troisième. Il ne reste plus qu'à avaler les œufs brûlés en regardant d'un œil la stupide télévision, ses vieilles stars de 1936 et ses badernes d'aujourd'hui. La vie passe en attendant le jour. Heureusement, le sommeil raccourcit le temps et l'espoir, abattu par le téléphone du soir, repousse dans la nuit, pour le courrier du matin.

Il faut poser un frein sur les nerfs. Moi, pas petite bourgeoise gna-gna, ravagée par amant fugueur. Moi, grande belle femme, José de chez Ladurie, du faubourg Saint-Honoré, et de Harper's Bazaar. Le jeu de l'amour et du Bazaar. José sans cœur, un pied dans l'oubli, ce qui porte bonheur. Tombée de la cuisse de Jupiter, parfaitement, et qui vous emmerde tous. Moi pas torturer méninges pour mangeur cracheur d'allumettes de l'hôtel des Suisses, et puis quoi ? Princesse moi vouloir être et princesse suis. Bérénice de la fin qui s'éloigne comme un superbe navire sous spinnaker. Pourquoi est-ce qu'on la montre toujours au théâtre comme une vieille mollasse qui s'empêtre dans sa robe de chambre, celle-là ? Elle est rousse et elle a vingt-cinq ans, Bérénice. C'est la reine des coups de tête. Elle a envoyé paître ses deux lascars, celui qui soupirait et l'autre, le chéri froussard... *Portez loin de mes yeux vos soupirs et vos fers... Tout est prêt, on m'attend, ne suivez point mes pas...* Cette sacrée Béré vous salue bien.

Relever le menton en coup de bouc pour passer devant la concierge qui en décroche son râtelier de voir Mademoiselle José, là, comme je vous vois, si belle, une mèche fauve allongée sur l'œil violet, *comme d'habitude*. L'Austin

démarre *comme d'habitude*. Les voitures s'en-
tassent sur la Concorde et les conducteurs
attendent en parlant tout seuls, les doigts dans
le nez, *comme d'habitude*.

Oublier ce type et penser aux choses sérieuses. Franck Ladurie a eu une idée : les Indes
en janvier. José, Hikka et Betty iront montrer à Bombay ce qu'on peut faire à Paris avec
des saris. Il y a *Vogue* dans le coup et des ache-
teurs américains.

Eviter de marcher sur les barres des trottoirs, de parier avec les feux rouges, de défier
le mangeur d'allumettes d'apparaître là, au
coin de la rue, tout à coup. Il serait *là*... Mar-
cherait vers moi, l'œil rigolard. Les flèches
grises de ses yeux qu'il relève brusquement sur
les gens. Le regard déshabilleur de François
Beaufils. Le rire de François qui le secoue
tout entier et ses doigts qu'il fait craquer en
les repliant serrés dans son autre main. Eh
bien, vas-y, sois là !...

Pour cela, une purification s'impose, sans
doute. Ce n'est pas suffisant d'avoir jeté les
amants, les amis, les habitudes et les pensées
d'avant. Il faut que José tue l'ancienne José
jusque dans les détails. Elle est née à Nice,
désormais, et tout doit être neuf : elle-même
et ce qui l'entoure.

Elle change son lit de place et s'épuise à tirer
l'armoire sur un autre mur. Prend ses vêtements à pleines brassées pour aller les donner
et en racheter d'autres (ce qu'une femme peut
avoir de souvenirs entre les plis d'une étoffe !).
Désormais, ses robes sont vierges, ses man-

teaux n'ont pas voyagé. Elle n'a gardé qu'une seule chose : sa vieille peau de mouton qu'elle avait en quittant la lande, symbole d'une fuite toujours possible.

Elle va souvent faire laver sa voiture au shampooing rapide du boulevard Raspail. L'auto glisse sous la douche et José, qui est restée au volant, reçoit derrière la vitre un déluge grondant qui lui fait du bien. Un rouleau de nylon bleu gigantesque avance sur le nez de la voiture, envahit le pare-brise, passe en tonnerre sur le toit, chatouille les pare-chocs et les roues. José est aveuglée par un nuage de savon. C'est la torture idéale pour claustrophobe masochiste. C'est la mort et le début d'une éternité savonneuse. Mais l'eau claire arrive comme un miracle, comme une absolution. L'aveuglée retrouve la vue. Le tombeau s'entrouvre et laisse passer, entre les dernières bulles, le visage de l'Arabe qui claque les flancs de l'auto à coups de peau de chamois.

Des ordres bizarres remontent de l'enfance. Veiller, car on ne sait ni le jour ni l'heure. Et garder de l'huile dans sa lampe de vierge sage. Avoir son meilleur visage pour l'instant où *Il* apparaîtra. Avoir le corps le plus doux, les cheveux les plus soyeux.

José s'allonge chez Carita. On la coiffe, on la ponce, on lui lisse la peau. Il n'y a pas grand-chose à faire sur elle. Jeannine prétend que si toutes les clientes étaient comme Mademoiselle, on ne travaillerait plus beaucoup.

José adore les mains de cette fille qui glissent lentement sur son visage et son cou, jusqu'à la limite des seins. Des mains enduites de crème, très, très douces. Jeannine est belle. José la voit à l'envers. Elle a le visage très lisse, rose et blanc, et des paupières mauves. Elle sourit pour un oui ou pour un non, et ses seins, libres sous la blouse, bougent, tandis qu'elle pelote José consciencieusement, les doigts dans la crème.

José a de drôles d'idées, tout à coup. Pas des idées qui viennent de la tête, si vous voyez ce que je veux dire. Des idées du corps qui passent par la tête. Par exemple, si cette fille, tout à coup, se mettait à lui caresser les lèvres avec ses doigts enduits. Ou à lui effacer la crème à petits coups de langue jusqu'à la pointe des seins, jusqu'au nombril, jusqu'aux cuisses, jusqu'aux pieds pendant qu'elle y est, cette salope... Voilà que je deviens lesbienne, il ne manquait plus que cela. C'est la chasteté, sans doute, qui ne me vaut rien. C'est Beaufils, c'est François, c'est toi. Il y a combien de temps que je n'ai pas fait l'amour ?

Et voilà Bérénice au tapis, qui révise ses espoirs et son impatience, le moral pété à zéro. Bérénice, arrière toute, qui remonte des adieux vers les folies de Césarée. Elle ne part plus. C'était pour rire, pour voir. Oh ! suis mes pas, s'il te plaît, car personne ne m'attend. Ne me laisse pas sur la lande, tandis que le jour baisse !

Il y a toujours la magie. José commence à sucer des allumettes et à se parler avec l'accent breton. A se regarder dans les glaces au fond des yeux, jusqu'au vertige, jusqu'à la peur. Elle n'entend plus ce qu'on lui dit. Elle traverse les jours et les nuits en somnambule.

Un demi-mois s'est étiré. Déjà, l'oubli a gommé le vif du sujet. Beaufils, décomposé par l'absence, s'est réduit à une silhouette très vague. Seule, sa voix demeure encore.

Il est devenu souvenir et José en parle, à présent, pour achever de le conjurer. Elle dit à Fiona : « Tu sais, le type de Nice... »

C'est quand elle ne l'attendra plus du tout que Beaufils se décidera à reparaître. Il choisira pour cela le pire des soirs et cueillera, au coin de chez Ladurie, une José enrhumée, pâlie et grognon, qui rentrait pour se mettre en rond dans son lit autour d'une bouillotte. Et il sera vraiment si loin d'elle ce soir-là, qu'en le voyant, elle n'aura que le réflexe professionnel d'une actrice décoiffée, surprise par un flash de photographe : la main sur la bouche et l'œil rond.

José mit plusieurs semaines à comprendre que l'idée qu'elle s'était faite d'un bandit n'était qu'une image d'Epinal. Beaufils ne portait ni chapeau mou sur le coin de l'œil, ni rouflaquettes, ni pistolets sous le bras.

La vérité se dessina peu à peu d'une foule de détails rassemblés. C'est même Lili Boudard qui avait amorcé la lumière. Elle était arrivée sans prévenir, un samedi matin, dans l'appartement de José, un cartable rempli de registres à la main. Les registres, c'était son jeu préféré, depuis quelques années. Elle mettait ses lunettes et comptait dans les colonnes, additionnait des retraites et des coupons, des dividendes et des *zuzufruits* dont le mot lui passait les lèvres comme le nom d'un oiseau des îles. Elle allait chez son notaire comme d'autres vont chez le coiffeur, pour raconter ses chagrins. Elle avait des locataires de mauvaise foi, des toitures à refaire et des ennuis dans les pétroles, qui, manque de pot, dégringolaient en Bourse, en même temps que le Bon-Marché. Justement, elle voulait vendre un terrain qui jouxtait les vieux bâtiments du « Piège perpétuel » et, comme la propriété était restée dans l'indivision, depuis la mort de son mari, elle avait besoin des signatures de José et de son frère, pour la vente.

José, par chance, était seule, ce matin-là. Le coup de sonnette l'avait réveillée et elle avait ouvert la porte, ébouriffée, l'œil mi-clos, mal couverte d'un drap qu'elle s'était entortillé, à la hâte, autour du corps. Lili avait pincé les lèvres à cette apparition.

« Tu dors encore à onze heures du matin ? dit-elle. L'avenir appartient à ceux qui se lèvent tôt.

— Ah ! bah, l'avenir... » dit José.

Le contraste entre les deux femmes était saisissant. L'une, nette, anguleuse, vêtue de gris-fer et poudrée à blanc sous une voilette à pois de velours qui lui posait un essaim de mouches devant les yeux, n'était qu'une caricature de femme. L'autre, grande statue de chair polie par le sommeil, appelait la caresse de la tête aux pieds. L'une était la mort et l'autre la vie.

Lili avait considéré les cheveux brillants de sa fille, sa nudité insolente, et s'était, une fois de plus, étonnée d'avoir élaboré cette personne qui suait le péché et lui ressemblait aussi peu. Quant au regard dont José, enfin réveillée, avait enveloppé sa mère, il signifiait clairement :

« Mais comment ai-je pu sortir de cette escarbille ? »

« J'allais chez le notaire », dit Lili, en pénétrant dans le salon.

Elle jetait des coups d'œil furtifs autour d'elle, notait qu'il n'y avait pas de rideaux aux fenêtres, qu'on pouvait *tout* voir d'en face. Et où s'asseyait-on, quand José recevait ? Elle n'allait tout de même pas lui faire croire qu'en dehors de ce canapé informe les invités acceptaient de se vautrer par terre, sur cet amas de coussins multicolores ?

Tiens, ces coussins évoquaient même un souvenir qui lui était encore pénible, trente ans après : cette horrible maison close de Constantine, pendant son voyage de noces. Henri avait voulu revoir Constantine où il avait été zouave. Un caprice qu'elle n'avait pas osé refuser. Ils s'étaient promenés sous les orangers et, un soir, il l'avait emmenée dans le quartier réservé où il avait aussi des souvenirs. Une Aycha qui avait, paraît-il, ébloui ses vingt-deux ans, avec ses pièces de monnaie accrochées partout.

A la porte de là « maison » — horreur ! — il l'avait poussée, elle, sa femme, dans une pièce pleine de coussins. On peut dire que le tact ne l'étouffait pas. Et il était content de sa farce. Il en chantait des trucs idiots... *pan pan l'Arbi, les chacals sont par ici...*

« Je suis passée chez ton frère, dit Lili. Son petit appartement est vraiment très bien arrangé.

— Ah ! bon, dit José. Il va bien ? »

La grimace épanouie de Lili répondit pour elle. A défaut de sa fille, elle pouvait dire que son Sylvain lui donnait toute satisfaction. A vingt-quatre ans, il était demeuré aussi doux que quand il en avait douze. « Tu te rappelles quand il venait m'attendre à la sortie de la messe ? Tu te rappelles quand il me chantait la sérénade de Toselli ? » Aujourd'hui, Sylvain était un grand garçon posé, soigneux, convenable. Pas de louches histoires de femmes comme le fils Ragueneau « tu te souviens de Bertrand Ragueneau ? Il en a fait des vertes et des pas mûres, je ne t'en dis pas plus... » Non, Sylvain semblait tout à fait équilibré. Il partageait, rue du Dragon, un appartement avec son grand ami Jean-Yves, le dentiste. Ils s'entendaient très bien depuis des années, ces deux-là.

« C'est crevant de les voir se débrouiller, dit Lili. Par exemple, c'est Sylvain qui porte le linge à la laverie et c'est Jean-Yves qui le repasse. Et je t'assure que c'est impeccable. Quand je suis arrivée, hier, ils étaient en train de faire des pralines. Ces jeunes hommes modernes sont étonnants. Jamais ton père n'aurait été fichu capable de tenir une casserole ! »

Elle s'était posée précautionneusement au bord du canapé. Dieu, qu'elle était loin de ses bons fauteuils droits dont elle gratouillait les sphinx des accoudoirs, les jours de visite ! Soudain, ses prunelles s'étaient agrandies, horrifiées. Là, là, sur la cheminée, en plein milieu, à la place où les gens normaux posent une pendule marbre et bronze, cette chose... Mon Dieu, José, qu'est-ce que c'est ?

C'était une paire de chaussures que Beaufils avait oubliée la dernière fois qu'il était venu. Il s'en était acheté des neuves et puis voilà.

José avait posé les vieilles chaussures sur la cheminée, parce qu'elle les trouvait vivantes, attendrissantes dans leur usure. Bien mieux qu'une photo. La cassure du coup de pied, la droite plus malmenée que la gauche, certaines éraflures, un lacet brisé et qu'on avait renoué dans une hâte coléreuse, tout cela restituait François. José en avait fait une chose surréaliste, un peu morbide, en installant dans l'une des chaussures le pot d'une petite plante verte dont les feuilles tendres émergeaient. Et alors quoi, on n'a plus le droit de poser les chaussures de son amant sur la cheminée, en guise de vase ?

Le visage de Lili Boudard avait pris l'expression satisfaite d'un inspecteur de police qui vient de découvrir un indice capital.

« Elles sont grandes, dit-elle d'un air pincé.
— Oui, dit José avec agacement. *Il* chausse du 44 ! »

Lili avait replié son index pointé pour poser la question la plus incongrue qui la résumait toute :

« José, réponds-moi franchement, ce jeune homme a-t-il une situation ? »

Justement, ce jeune homme était d'une discrétion étonnante en ce qui concernait ses activités. Il avouait tout juste voyager souvent pour affaires. Quelles affaires ? Import-export. Des affaires, quoi. Un consortium international qui le réclamait souvent à Rome, au Caire ou

à Reykjavik. C'est pourquoi il n'habitait nulle
part, car on pouvait à peine considérer comme
un domicile les deux pièces louées meublées
dans le XVIIe, qui lui servaient de pied-à-terre.

Il disait n'aimer pas posséder, parce que les
choses vous lient. Il n'avait pas de voiture,
mais des voitures de passage qu'il louait,
disait-il, ou qu'on lui prêtait. Mercedes, Mus-
tang ou Porsche qu'il menait d'une main fami-
lière, le regard vissé au rétroviseur, comme si
ce qui se passait derrière l'intéressait plus que
ce qui se passait devant. Une curieuse façon de
conduire, aussi. Parfois, lentement, une main
nonchalamment abandonnée entre les cuisses
de José, avec une grande tendresse dans le pro-
fil et, soudain, tout se durcissait. La main
caresseuse revenait au volant et des contrac-
tions à fleur de peau apparaissaient sur la
mâchoire droite. « Cramponne-toi », disait-il.
Alors, il se jetait, en pleine nuit, dans un sens
interdit, filochait en slalom à travers des petites rues, brûlait un feu rouge et ralentissait
soudain au coin d'un boulevard obscur. Que
s'était-il passé ? « Rien, disait-il. Ne t'inquiète
pas. »

Beaufils n'arrivait jamais : il apparaissait.
Il ne partait pas : il s'effaçait, sans points de
repère. Il ignorait délibérément les rendez-
vous et les projets de toutes sortes.

« Ne t'en fais pas, disait-il à José. Je viendrai
te chercher. Je viendrai toujours. »

Plus facile à dire qu'à croire, mais que pouvait-elle faire d'autre ? Et c'était vrai. Il arrivait toujours, un matin ou un soir. La porte

grinçait et c'était lui. Un poids chaud s'abattait sur elle, au milieu de la nuit, et c'était lui. Au matin, il était parti, mais elle trouvait des vestiges qui lui prouvaient qu'elle n'avait pas rêvé : une chemise, un étui de cigare. Sa montre, un jour. Une vieille montre d'acier avec un affreux bracelet en zigzag qu'elle porta à son poignet neuf jours durant, malgré les quolibets de ses amis. Une montre est un objet indispensable, n'est-ce pas ? On ne l'oublie pas chez n'importe qui, n'est-ce pas ? C'est encore lui qu'elle apercevait parfois derrière une porte vitrée de chez Ladurie, le nez écrasé sur un carreau. Elle se retournait et il était là. Une main se posait sur son épaule et elle fondait.

Elle ne se reconnaissait plus. Reniée jusqu'au bout du cœur, elle se découvrait des facultés insoupçonnées d'émotion facile. Elle pleurait au cinéma quand les héros se séparaient. Elle était mûre pour le roman-photo.

Le carnet d'adresses de Beaufils ne délivrait aucun renseignement. Seulement de brèves indications de rendez-vous griffonnées au travers des pages. Pas un nom dans le répertoire, mais, çà et là, des numéros de téléphone anonymes ou assortis tout juste d'une initiale. Quelquefois, un prénom. Quelques traces féminines. Qui étaient cette Nicole et cette Macha ?

Ce n'était pas ce qui intéressait vraiment José. Ce qu'elle aurait voulu savoir, c'est où François passait le reste de son temps. Les affaires ont des lieux fixes, tout de même ! Il y a toujours, quelque part, un endroit où l'on pose son crayon. Où connaissait-on Beaufils ? Quelle secrétaire, quelle standardiste pouvaient répondre qu'on ne l'avait pas vu aujourd'hui ou qu'il était sur une autre ligne ?

A qui parlait-il de ces cabines téléphoniques dans lesquelles il s'engouffrait parfois, avec quatre, cinq jetons ? Elle l'avait vu, un jour, derrière une porte vitrée. Il avait le visage fermé, dur et il parlait vite (elle voyait bouger ses lèvres) en martelant la planchette de son poing.

Quand il venait chez elle, rue de Lille, elle avait toujours l'impression qu'il était au bout d'un effort physique intense ou qu'il venait de se défaire d'une tension violente. Il l'embrassait mais en y mettant une certaine application et il se passait toujours plusieurs minutes avant qu'il parût la voir vraiment. Avant qu'il fût présent pour de bon. Un jour, il s'était endormi immédiatement, là, sur le canapé du salon, le temps qu'elle aille chercher de la glace dans le frige. Elle l'avait déshabillé sans qu'il se réveille, tirant sur une manche, doucement, et c'était comme si elle lui ôtait un bouclier.

L'homme qu'on aime est évidemment celui dont le nom vous vient tout de suite aux lèvres, en cas de panique. Quand, dans le brouillard de l'agonie, paraît la tête casquée du flic, larbin de la mort, interrogatif : « Qui faut-il prévenir ? »

Les plus beaux cadavres, on les trouve dans *Paris-Match*. Nature, ressemblants, bizarres, lointains, illustres, bien cadrés, photo nette, à la morgue, impeccables. Un jour, tiens, chez le coiffeur, José, sous le casque... On lui pose des revues sur les genoux pour la faire patienter. Elle déteste le casque, les rouleaux serrés sur les tempes qui vous font des yeux de chinoise, et cette chaleur sèche qui ronge le cerveau... Elle ouvre *Match*, feuillette mollement et crac !

retrouve un ami allongé sur deux pages, le nez
pincé, un drap tiré jusqu'au menton. Mort,
quoi ! Avec sa copine en dessous. Allongée de
la même façon. Morte, quoi... Elle ne l'avait
pas vu depuis quinze jours... Et des détails,
plus loin... La voiture écrasée, un tas d'angles
aigus. Et des photos d'enfance pour mieux
montrer la distance d'une vie. Pour mieux faire
peur. Et voilà : on a mal à ses rouleaux par un
après-midi paisible et on voit apparaître ses
amis cassés, sans aucun ménagement. De toute
manière, on y passera tous. Finies les agonies
pépères avec les familles autour, le buis à la
main, qui remontent les oreillers parce qu'elle
va mourir la mamma, et les dernières paroles
qu'on veut vous cueillir sur les lèvres pour les
répéter. Plus de mamma, plus de familles, plus
de mots de la fin. Braoum, plic, ploc ! Les flics
sont là et les dessoudeurs qui viennent faire
marcher les chalumeaux pour ramasser ce qui
reste à l'intérieur. C'est plus propre dans un
sens que de se faire ronger par les microbes.
Et puis, ça fait marcher le cinéma. Les gens
commençaient à n'avoir plus peur de rien.
Forcément, avec l'enfer désinfecté par la Sécurité sociale, le sexe aéré, les maladies jugulées
et Dieu remis au carré par ses propres apôtres
et qui n'ose même plus élever la voix pour pro-
tester. Même pas de guerres : elles sont si loin,
tellement exotiques. Les Vietnamiens, tout ça,
qu'est-ce que c'est pour les Français ? Des
nuits câlines, nuits de Chine. Alors quoi ? Les
vampires font rigoler les bébés. Alors quoi ? Il
n'y a plus que les week-ends, les arbres à came

enfoncés dans les platanes, la place du mort et
le mort à sa place. Et José, là, avec ses rouleaux qui tirent et son copain sur les genoux.

Où sera François le jour où, allongée dans sa
tôle anglaise au pied d'un platane, elle s'accro-
chera à ce nom de François Beaufils, pour que
la mort ait l'air plus familier ?

« Ce n'est pas compliqué, dit Beaufils. Si
vraiment c'est urgent, tu appelles le barman
du Rocky. Tu demandes Dédé-la-Frite. Il sait
toujours où je suis. »

Ce n'était pas compliqué, en effet.

Outre Dédé-la-Frite, pour sa dernière heure,
un réseau bizarre s'était élevé autour de José.
Il y avait Martin, dit « La Caresse », qui pouvait, soi-disant, la défendre contre le diable soi-
même. Il savait écraser une boîte de conserves
le long d'un mur, comme ça, d'un petit coup de
tête, en jouant ; on le respectait. Pierre-le-Ni-
çois ne la laisserait jamais sans monnaie, et
Sacha pouvait ouvrir toutes les portes. Ils pa-
raissaient les lieutenants de Beaufils, qui les
appelait simplement : mes amis.

Elle les rencontra un jour, rue Montenotte,
dans ce curieux appartement où Beaufils ne
dormait que très rarement. Dès la porte, François posa sa main sur le bras de José, pour
qu'il n'y ait pas de malentendu. Il dit
« Salut ! » et les autres se levèrent.

Les regards fuyaient sur elle, comme s'il
était tout juste permis de constater qu'elle
était belle, mais sans s'y attarder.

« C'est Joséphine », dit Beaufils.

Et José, tout à coup, eut peur. Elle sentait

qu'elle n'était pas là par hasard et que, d'une manière encore confuse, le fait d'être parmi ces hommes la liait désormais à eux. On attendait quelque chose d'elle. Elle ne pourrait pas le refuser.

Et puis, silence. Et puis, absence. José n'en pouvait plus de vivre à la nuit la nuit, d'attendre encore et encore, sans savoir.

Elle voulut se sauver et inventa, un soir, ce qu'elle croyait être la rébellion et le piétinement de l'idole. Elle s'en alla tenter la dispersion dans un bar de Montparnasse, et, comme un remède, se jeter au premier venu. Elle se sentait à peu près comme une maison de campagne très belle mais abandonnée, dont les propriétaires ne se soucient guère, et qui décide un beau jour d'accueillir une colonie de vacances dans ses murs, d'ouvrir ses portes aux vagabonds, à qui veut se donner la peine d'en franchir le seuil. Entrez, entrez, mes petits, je suis bonne à prendre ! Et elle s'assit (elle pourrait dire *comme une grande*) au seul tabouret vide du bar. Elle se commanda un verre d'une voix bien assurée. Elle pouvait vivre toute seule, non mais des fois ! Elle était libre, par exemple ! Pas perdue pour un sou, la preuve :

« Garçon, une sangria glacée, avec une paille ! »

Mais voilà que quelqu'un lui joua un méchant tour. Les bribes d'un vieux tango cubain s'échappèrent tout à coup du brouhaha des conversations, des piétinements et de la fumée. Cet air, elle ne savait pourquoi, la poursuivait dans la vie depuis très longtemps. C'était une mélopée idiote qui parle d'un marin halluciné en pleine mer. Il rêve qu'il revient à terre et voit sa mère près de la tombe de sa fiancée. Nina, elle s'appelle. Il lui a raconté des salades avant de partir, comme font tous les marins superstitieux, sur le quai. Du genre : « Si tu vois une colombe, ouvre-lui ta fenêtre... Ça t'apprendra que je suis mort, c'est mon âme qui te revient, etc. » Et, bien fait, c'est lui qui rêve qu'elle est morte.

José se rappelait très bien quand elle avait commencé à être poursuivie par le tango. Elle avait douze ans, juillet, l'horrible petite maison de vacances en meulière. C'est la grosse Mireille justement, qui chantait *La Paloma*, en essuyant la vaisselle. Elle torchonnait les fait-tout appuyés sur ses gros seins et commençait :

> « *Le jour où j'ai quitté la ter-re pour l'o-cé-an J'ai dit priez Dieu, priez Dieu pour vo-tren-[fant... »*

Les yeux glauques de Mireille s'en allaient vadrouiller sur l'horizon marin, par la lucarne au-dessus de l'évier. José écoutait, fascinée par l'air magique et voilà qu'un navire s'échappait de l'odeur de graillon. Elle obligeait Mireille à chanter la chanson de bout en bout, au moins deux fois par jour. Ce n'était plus une bonne, c'était un juke-box qui marchait à coups de pinçons. « Tu me la chantes, *La Paloma*, oui ou merde ? »

Et tout ça, au fond, parce qu'elle, José, était amoureuse du fils d'un pêcheur que connaissaient ses parents. Amoureuse n'est peut-être pas le mot qu'il faut. Enfin, elle l'invitait dans ses histoires, avant de dormir, rougissait quand elle le voyait, et allait l'attendre sur le port, quand les chalutiers rentraient. Il était vieux, vingt-trois ans, mais blond. Elle s'adossait contre un des piliers de la halle, avec sa ridicule robe à smocks, qui écrasait son début de poitrine et elle le regardait décharger ses caisses. Il avait des cuissardes de sept lieues et il s'appelait Michel. C'était lui, le marin halluciné et elle, elle était Nina.

« ... *Nina, lorsque sur la grève, tout près-de-*
[*moi*
J'aurai, mais non plus en rêve, ma mère et-
[*toi...* »

Tout ça s'était terminé dans le malheur. D'abord, Michel rigolait quand il la voyait et, un jour, il lui avait même donné une sucette au cassis, pour mieux souligner, sans doute, qu'il savait qu'elle avait douze ans. Le lendemain, José s'était coincé du coton sous les smokes, pour gagner au moins deux ans.

Et puis, il y avait eu le coup du chalutier Michel l'avait emmenée, un après-midi, faire un tour en mer pour essayer son nouveau diesel. Ils étaient quatre : Michel, son père, son cousin et José. Elle avait mis le pied sur le bateau, fière comme une sultane et, jusqu'après les jetées, elle avait crâné à la poupe.

A deux milles du port, le bateau s'était arrêté et avait commencé à se balancer sur la houle dans une épouvantable odeur de mazout et de poisson écorché. José s'était pliée en deux sur le plat-bord, vomissant à perdre l'âme, tout le temps du retour, Nina en loques, les mains trempées dans les vagues, incapable de se redresser. Michel la tenait par la patte, pour l'empêcher de basculer. Il riait. « Sacré petit marin, va ! » et José, humiliée, pensait qu'il devait voir le fond de sa culotte noirci, comme d'habitude, par cette sale manie qu'elle avait de s'asseoir sur le perron pour lire.

Il y avait encore bien pis : un soir où elle s'était sauvée pour aller à son minable rendez-vous, Lili Boudard, qui la cherchait partout « aux quatre cents coups », comme elle disait, avait fini par la trouver dans son coin de halle et, devant tout le monde, lui avait allongé une super-beigne, avec l'espèce de jouissance sadique de la bonne mère de famille qui tient à montrer aux gens que non seulement elle n'a pas peur de faire son devoir mais qu'encore sa vie n'est pas facile. « Et file à la maison, c'est l'heure du dîner ! » Les pêcheurs ricanaient, les mains sur les cuissardes.

Et vous savez ce qu'il a fait, ce salaud de Michel, pour couronner le tout ? Il a emmené danser la bonne, au 14 juillet ! La Mireille avec ses gros seins et ses cheveux marron collés. Et José, de son lit, entendait les flonflons qui venaient la narguer, de la Place, par-dessus les toits. Et elle se jurait rageusement qu'un

jour, merde, merde, merde, elle serait enfin
vieille !

La Paloma était devenue un air de chagrin.
Et ce vieux tango lui arrivait toujours à des
moments bizarres, comme ce soir, justement, à
Montparnasse où elle était venue perdre Beaufils.

Elle avait bien choisi son endroit. On allait
et on venait entre la porte battante et le fond
du bar, sous une lumière mouvante, tour à
tour blafarde et colorée, qui révélait les visages et les mains et laissait les corps dans
l'ombre. Psychédélique, on dit. C'est le petit
électricien de la rue d'Odessa qui installe toutes les lumières psychédéliques du quartier. Il
a l'habitude, maintenant. Quand il apporte son
devis, il dit c'est spécial mais vous verrez
c'est pas vilain et puis c'est moderne. Faut
marcher avec son temps, pas ?

Il y avait là des petites filles de la nuit, per-
dues dans leurs tignasses, toutes coloriées
autour des yeux et habillées de choses à trous
qui laissent voir des bouts de seins mauves.
Elles arrivaient enveloppées dans des châles et
ressemblaient à des Bernadette Soubirous per-
verses qui auraient rencontré Verlaine pour lui
pomper son absinthe. Elles allaient vers des
garçons chevelus, barbus, engoncés dans des
vestes à poils longs, bergers des hauts plateaux
en mal de hauteurs.

Le vieux tango, qui était sans doute un ana-
chronisme spécialement dédié à José, avait fait
place à une musique lancinante, hachée, batterie, orgues et chœur des anges, sur fond

de cloches à vaches jurassiennes. Les Bernadette Soubirous et les bergers, pressés les uns
contre les autres autour des tables, donnaient
des coups de cou rythmiques et, les yeux clos,
claquaient des doigts doucement, pour aider
l'extase. Ils attendaient l'Apparition. Une herbe
brûlait qui répandait une odeur de tisane
amère et d'huile goménolée. Quelques touristes
égarés traversaient la grotte du rêve. Des hommes venus en curieux, d'un autre âge, d'une
autre planète, tout cravate et complet sombre,
entraînés là comme en enfer, par des curieuses
en astrakan et chignon Alexandre. On venait
voir les hippies en sortant du Français, comme
on allait autrefois prendre un verre chez les
Apaches.

Tout arrive quand on ne l'attend plus. José,
justement, était là pour se prouver qu'elle
n'attendait plus François Beaufils, qu'elle ne
lui devait rien et que la vie, sans lui, gardait
des couleurs.

Elle se proposait, ni plus ni moins, de solder
six mois de ferveur. Affaire à profiter, qui en
veut ? Qui veut gratuitement, à Montparnasse,
d'une femme de vingt-six ans, belle image
parisienne qui vaudrait cher place Ven-
dôme ? Bonne santé, bon visage, la jambe
est fine et l'œil intéressant. Bonne à faire
tourner les têtes quand elle rentre dans un
restaurant. Bonne, désormais, à mettre dans
son lit. Sait se tenir à table. Il ne lui manque même pas la parole. Qui veut de Joséphine Boudard ?

Il y eut un homme, évidemment. Il y a toujours un homme qui vient se poser près d'une
jeune femme seule, à une heure du matin, au
milieu de Montparnasse, c'est presque une loi
de la nature.

Vingt-cinq ans, m'as-tu-vu, propret, la dent
nette. Pas du tout berger des hauts plateaux,
mais plutôt quelque chose dans les pétroles ou
la publicité ou la cellulose. Il bavardait avec
le barman et, quand le regard de José s'est
posé sur lui, il s'est évidemment approché (il
y a des gens qui ont le don de faire déplacer
les autres). Le hasard obéit au caprice. Un
mouvement dans la foule libère un tabouret
près d'elle. Le brun s'installe et dépiaute tranquillement un paquet de Gauloises, les coudes
sur le bar, à trois centimètres du verre de José.
Qu'elle fait basculer, mine de rien. C'est parti.
La sangria baigne la manche. Elle fait des
excuses : elle est si maladroite ! Réclame un
chiffon. Permettez ? Elle tire le lainage pour
mieux frotter la vinasse, ses doigts contre le
poignet du type. La bonne ménagère !

C'est lui, du coup, qui veut se faire excuser,
d'une voix où fleurit le Sud-Ouest : « Ce n'est
vraimint rieng ! » Mais elle n'a plus rien dans
son verre, il tient à le faire remplir. Elle refuse
doucement en levant sur lui ses yeux les plus
violets. Ce n'est pas la peine, elle allait partir,
elle en avait assez, elle ne supporte pas bien ce
genre d'endroit. Pas l'habitude. Fumée pique
les yeux (oh ! l'adorable jeune fille !). Elle

glisse modestement un billet vers le barman.

Et voilà que le brun, lui aussi, a envie de partir. Il sort sur les talons de José et respire un grand coup de nuit. Il propose un verre ailleurs, déjà familier. Il est bien tard, minaude José. Allez, allez, il a justement sa voiture tout près. Une chance !

José monte et il claque la portière d'un poignet triomphant. José imagine ce qu'il dira au barman, demain : « Ho, Jean-Clode, tu as vu la rousseu, hiereu soir ? En cinqueu minuteu, mon vieux. Putaing ! »

« Où allons-nous ? »

Il énumère les abreuvoirs qu'il connaît, le pied fringant sur l'accélérateur, puis, à la fois sournois et bonhomme, propose :

« Tieng, si on allait chez moi, j'habiteu près du Luxembourg, ça serait aussi bieng ?

— Bof, fait José.

— On y va », dit-il en démarrant.

Il est le contentement même. Il doit penser que c'est du tout cuit et que, décidément, les filles de Paris sont nettement plus rigolotes qu'à Carcassonne.

« Vous êtes de Carcassonne ? demande José pour dire quelque chose.

— C'est pas tombé loing, dit-il. Un peu plus bas. Perpignin. Et vous, parisienneu ? »

Ça commence bien, pense José, tout à l'heure il va me demander si j'habite chez mes parents !

« Saigon, dit-elle. Je me promène. »

Voilà l'immeuble. Le brun a l'œil sournois dans l'ascenseur. Il s'empresse, ouvre les portes, comme s'il avait peur qu'elle se tire subitement. L'imbécile !

Une chambre de garçon (il appelle ça : le livigneu). Divan, fauteuil, moquette, à peu près propres, note José. Au mur, il y a une photo de garçons qui posent en pyramide, le rang du bas à genoux, autour d'un ballon ovale. Ils ont des chaussettes rayées, des genoux carrés et des sourires fixes.

« Vous vous intéressez au rugby, il dit, tieng... je suis là... c'est l'équipeu de Narbonneu... mais je suis trop vieux maintenant, j'ai vingt-sept ans, putaing !... Je m'appelleu Patrick et vous ?

— Moi, Solange », dit José.

Il y a un blanc, un silence. Patrick ouvre une bouteille de whisky, sort des verres dont il inspecte la propreté à la lumière.

« Je vais vous faire entendre un truc fumint des Rolligneu Stoneu, dit-il en se dirigeant vers un électrophone.

— Ecoutez, dit José, il ne faudrait tout de même pas me prendre pour une conne ! Vous me proposez un verre, j'accepte. Vous m'emmenez chez vous, je veux bien. Alors quoi ? Vous ne pensez tout de même pas que je suis venue ici pour boire votre tord-boyau ni écouter votre mauvais tourne-disques ? On fait l'amour, oui ou non ? C'est ce que vous voulez, oui ou non ? Alors, allons-y... »

Il la regarda, stupéfait, un sourcil levé. Il ressemble sûrement à sa mère, comme ça.

« Ho, cocotte, dit-il..., putaing, tu me fais binder ! »

José glisse ses bras autour de ses épaules.
Elle est aussi grande que lui. Il dit encore :
« Tu vas voireu, ma belle », et la fait basculer
sur le divan. Les habits tombent, les minutes
passent, Beaufils s'efface enfin sous le poids
du talonneur qui semble mettre son point
d'honneur à prouver la bonne santé qu'on a
dans les Pyrénées-Orientales.

José se réveilla au milieu de la nuit. Ne
savait plus où elle était. A failli se cogner dans
un mur qui n'est pas du côté habituel de son
lit. Le Perpignanais était profondément
endormi, la bouche ouverte, à la limite du
ronflement.

José se coula hors des draps et commença
à se rhabiller. Le brun se dressa, les yeux
myopes de sommeil. Il dit :

« Qu'est-ce que tu fé ? Quelle heure est-il ?

— Ah ! non, dit José. Pas ça. Je vous
ai permis de coucher avec moi, mais
pas de me tutoyer. Pour qui vous prenez-
vous ? »

Il se frotta l'œil.

« Vous ne voulez pas... dormir encore ung
peu ?

— Non, vraiment, merci, dit José.

— Vous n'allez pas partireu commeu ça ?

— Vous allez voir, dit José qui enfile déjà
son manteau. Je vais même appeler un taxi
pour m'en aller plus vite. »

Il se lève, homme des premiers âges, sur-

pris par le matin et le caprice d'une femelle.
Il a le torse velu et là, au bas du ventre, la
queue douce qui repose en paix, arme tiède,
canon au sol comme il se doit. Il est presque
attendrissant.

« Ho, cocotte, je ne t'ai pas donné de plai-
sireu ?

— Vous êtes vulgaire, dit José.

— On pourrait se revoir, dit-il. Donnez-moi
votre adresse...

— Pour quoi faire ? » dit José qui est déjà
sur le palier.

Elle n'a plus qu'une idée : rentrer chez elle
et prendre un grand, un immense bain, avec
de la mousse jusque par-dessus les oreilles
et laisser la douche couler longtemps, tiède,
sur sa peau récupérée.

Le taxi arrive, fidèle grosse bête qui ramène
les jeunes femmes au petit matin. José aime
les taxis de la fuite et de l'innocence retrouvée, les taxis de l'indépendance.

« Alors, ma petite dame, dit le chauffeur,
on se lève de bonne heure ?

— Oui, dit José, ça fait du bien. On dormira
quand on sera mort. Vous ne dormez jamais,
vous ?

— J'y vais, dit-il. Moi, je fais la nuit.

— C'est drôle d'être taxi, demande José, il
vous arrive des aventures ?

— Oh ! là ! là, dit-il, si je racontais tout ce
que je vois ! Et puis nous, forcément, les Pel-
letan, on navigue partout. Quelquefois, on
nous appelle par radio, la nuit, pour aller chercher des cigarettes ou pour consoler une dame

qui s'ennuie. Ça arrive, faut pas croire. Et
pas des vieilles, attention. Ce sont toujours les
mêmes. On les connaît à la Compagnie. Y'en a
qui sont même pas laides, mariées à des
connards, quoi... J'ai des copains qui y vont...
Moi, j'ai ma femme, vous comprenez, je cherche pas les salades... sans quoi, je dis pas,
j'irais bien de temps en temps à la console...
Des aventures ? C'est pas croyable ce qu'on
voit nous autres... L'humanité on voit,
madame. Je dis madame, c'est peut-être mademoiselle... ? Y'en a qui s'foutent des baffes
dans ma bagnole ; y'en a, y montent et puis
j'les entends plus. J'sais c'que ça veut dire...
Dites donc, une fois, on m'appelle dans un
restaurant pour charger une petite dame, bon.
Pétée à mort, elle était. Tenait plus debout et
j'm'en suis pas aperçu tout de suite, bon.
J'l'emmène chez elle avenue Kléber. J'arrête
le compteur, j'me r'tourne, qu'est-ce que
j'vois ? Etalée sur la banquette, elle était,
toute déboutonnée, un vrai cirque... Pas
vilaine, hein ? Vingt-cinq, vingt-six. Qu'est-ce
qu'elle tenait ! J'ui dit Madame on est arrivés.
Elle me tend son sac en rigolant. Prenez, elle
dit, c'est dans la poche au fond, j'ai pas la
force et puis servez-vous le pourboire... Bon.
Je me règle, honnête... Faut m'aider à monter,
elle dit, j'pourrai jamais. Bon. Je la sors, je
lui donne un coup de main, elle tenait pas sur
ses cannes. Alors je la prends à bras, comme
un bébé. Elle était pas lourde, c'est pas la
question... On prend l'ascenseur, j'l'appuie
contre un mur, j'l'arrange un peu, je sonne,

il était trois heures du matin, y'a son mari qui vient ouvrir, il dit quoi ? Et il me balance son poing dans la gueule, par-dessus la pépée... Alors là, faut pas m'prendre pour un con... J'lui ai lâché sa bonne femme sur le paillasson... J'ai commencé par lui mettre un marron et puis on a causé... Ça f'sait trois jours, y paraît, qu'elle s'était tirée... Faut s'mettre à sa place, hein, y voit un mec qui lui rapporte sa fugueuse à bras... J'vous dis, hein, l'humanité, on est pas v'nu au bout d'savoir de quoi elle est capable... »

UN soir, elle attendit François pendant trois heures, c'est-à-dire cent quatre-vingts minutes. C'est-à-dire dix mille huit cents secondes. Il avait dit : neuf heures. Saloperies d'aiguilles traîtreuses, jambe plus courte que l'autre, au grand écart des moins le quart et des heures et demie, ô la danseuse boîteuse du désespoir !

Elle fit quatre réussites, toutes ratées, pour user le temps. Ouvrit les *Mémoires écrits dans un souterrain* qu'elle savait par cœur, de façon à pouvoir lire des yeux, mine de rien, comme une qui a décidé de rester chez elle, tout en gardant la tête aux bruits de l'extérieur. Elle se tordit les doigts comme si elle voulait se les arracher. Pleura vers dix heures vingt-sept une petite averse de larmes qui lui éclaircit le cœur. Elle se traita de conne à onze heures trois et, le nez sur le carreau noir, imagina la fête des autres dans Paris, tout ce qu'elle manquait en attendant cet homme de peu de foi, la chaleur des restaurants illuminés, les cinémas, les bastringues, les boîtes de nuit, les salons rigolos, les amants qui s'embarquaient à bord de leur premier ascenseur, les amis qui pleuraient de fou rire, tous les bonheurs du monde contre sa solitude.

Elle eut de l'espoir. Le perdit. Le rattrapa au vol, net, au ras du filet. A minuit, elle alla se coucher, et s'endormit brutalement, sur le dos, les pieds à angle droit, comme un gisant dépareillé. Une reine de France de l'abbaye de Fontevrault qui serait divorcée.

Ce que François et ses amis attendaient d'elle était simple comme bonjour. Il s'agissait d'un déjeuner au Fouquet's, avec un Américain. François pouvait devenir un surprenant metteur en scène, passionné soudain et minutieux jusqu'au détail : la robe et le manteau qu'elle devrait mettre ; la manière dont il faudrait qu'elle soit maquillée ; l'heure précise à laquelle il faudrait qu'elle arrive. Il serait là, qu'elle ne s'inquiète pas. Il serait là, du moins pendant une partie du déjeuner. Il fallait qu'elle soit très, très gentille avec l'Américain, très rieuse, très parisienne, tu vois ? Et puis, il s'en irait pour les laisser seuls. Un prétexte. Qu'elle s'arrange ensuite pour le faire boire suffisamment, toujours dans le charme et la séduction. Qu'elle le retienne là, jusqu'à quatre heures. Et c'était tout. Vraiment tout. Qu'elle ne redoute rien.

« S'il te touche, on le démolit ! »

Et tout s'était passé ainsi.

La Caresse était à deux tables de là, habillé en bon jeune homme, cravate et tout, l'œil modeste sur sa choucroute, pas du tout l'air d'être en sentinelle mais tout de même vigilant. José, par deux fois, croisa son regard vide.

Pas méchant, l'Amerloque et tellement typique avec son complet en chewing-gum, coupé pour libérer les emmanchures et pouvoir sans doute saisir le monde à pleins bras. Au fromage, il avait sorti ses polaroïds pour montrer ses deux enfants à José. Tous les Américains ont deux enfants en couleurs qui jaillissent d'un portefeuille, à un moment ou à un autre. Elle regarda Eddie et Selma, la fille, qui brandissaient chacun un gant de baseball dans un jardin. Ils avaient la même tignasse, le même nez retroussé et les dents en palette : le portrait craché de la maman, sans doute. Justement, le père l'avait décrite en deux mots, celle-là : une vraie peau de vache qui était affiliée aux Bas-Rouges de l'indépendance féminine et lui en faisait baver des ronds de chapeau. Un divorce ruineux et elle lui cachait les enfants. Il était obligé de cavaler à travers le Massachusetts pour les voir de temps en temps, en week-end. Et justement, ce qui le frappait en Europe, Joe League, c'était la douceur, la gentillesse des femmes. Tiens, quand il avait passé le pain à José, tout à l'heure, elle lui avait dit merci. Incroyable ! Sally ne lui aurait jamais dit merci pour du pain. Sally, elle était comme sa mère : une

blodibitche. Est-ce qu'il pouvait la revoir
José ?... Dommage.

L'essai ne fut sans doute pas mauvais et
José se sentit engagée. On l'utilisa beaucoup,
désormais. Sacha n'était pas d'accord, prétendant que les femmes amènent toujours des
salades mais un coup d'œil de Beaufils l'avait
fait changer d'avis.

Pour José c'était comme la Résistance ou du
moins, ce qu'elle en avait entendu dire. Elle
participait à une organisation clandestine
dont elle ne savait pas toujours le fin mot
mais c'était, pour elle, une façon comme une
autre d'accompagner François et, même de
loin, de partager sa vie.

Elle voyagea. Elle prit des trains, des avions
pour Genève, pour Madrid. Elle descendit sur
Marseille, remonta vers Bruxelles, porteuse de
messages souvent obscurs pour elle ou de
paquets mystérieux, des trésors inidentifiables.
Cela ne gênait pas son travail chez Ladurie et
l'on disait que cette veinarde avait trouvé un
homme riche qui l'emmenait souvent en
voyage. Quand on la croyait béate dans une
flaque de champagne à Deauville, José, accoudée à la portière d'un wagon de train, regardait passer les vaches suisses en jeune femme
innocente qui va visiter sa tante, à Lausanne.
Elle avait une façon tellement délicieuse de
planter ses yeux dans les regards corses ou
vaudois de la douane, que les inspecteurs,
pétrifiés, laissaient passer sans encombre, la
belle jeune fille rousse qui s'en allait d'un pas
dansant vers la sortie, en balançant, à bout de

bras, quarante millions tout frais récoltés de la veille chez un marchand de la place des Ternes. Quarante millions en diamants bruts au fond d'un petit sac de chevreau bleu marine.

« En somme, dit Santonel, je ne peux pas te laisser seule trois ou quatre ans, sans que tu fasses des bêtises. J'ai même failli ne pas te reconnaître.

— J'ai donc tellement changé ? demanda José.

— Le mot est faible, ricana Santonel. Je quitte, un soir d'été, une diablesse rouquine que l'ivresse n'arrivait même pas à rendre sotte, piaffant sur une pelouse de Neuilly et qu'est-ce que je retrouve ? Une bonne femme efflanquée qui hante les couloirs de la télévision, en pleurnichant sur le sort d'un truand que je demande à voir. Tu reveux du sancerre ? »

Pour la première fois depuis des semaines, José se mit à rire. Santonel la réchauffait. Il y a des gens comme ça, auprès desquels la vie s'humanise, s'ordonne. Ainsi, Santonel avait une manière très efficace d'empoigner les situations et de mettre la pagaille au carré.

Elle l'avait reconnu tout de suite, dès qu'il était sorti du studio en s'épongeant le front. Cette épaule plus haute que l'autre, ces touffes de cheveux en éventail au-dessus des oreilles. Il lui avait même semblé moins repoussant qu'autrefois. Les années avaient rendu sa laideur supportable. Ou bien la réussite embellissait ce visage chahuté par la nature et lui donnait cette grâce particulière, à laquelle aucune femme n'est insensible.

Une foule de gens l'avait aussitôt entouré. On le touchait, on le poussait, on le soulevait presque car la foule, elle aussi, aime les vainqueurs et le couloir s'était empli d'un bruit d'essaim en folie : « Mes respects, monsieur le ministre... Très, très bonne émission... Vous avez été brillant... »

L'adversaire déboucha dans le hall, suivi de sa cohorte personnelle. Les deux cortèges s'affrontèrent. Serrements de mains sportifs, flashes, micros tendus.

José, fascinée, regardait s'avancer le groupe lumineux et remarqua, avec amusement, la modestie appliquée et redoutable de Marc Santonel.

« Mais non, crachait-il patelin, dans un micro, le combat n'était pas à armes égales, Pichard-Weber est si beau garçon ! »

Au vrai, il venait de le mettre dans sa poche, selon sa méthode habituelle : laisser l'adversaire se démener, se fatiguer, prendre une fausse mesure de son opposant ; user de la plus exquise courtoisie pour qu'il se rassure et prenne une distance fallacieuse. Puis, le désarçonner en trois phrases et l'assommer au moment où il ne s'y attend plus.

Les face-à-face politiques ressemblent à des

matches de boxe, par le jeu combiné de l'attaque et de la défense. Cela avait marché une fois encore : en trois rounds, le vilain ministre des Finances venait de mettre KO le brillant jeune homme porte-bannière du parti radical. L'imbécile, prétendant se concilier les départements, avait foncé, tête baissée, dans le piège d'une démagogie redoutable. Santonel entendait déjà les provinces accueillir la proposition d'abolition des privilèges héréditaires et la réforme de la fiscalité, annoncées par ce cuistre. Son rôle à lui, tout de mesure et de rassurance, avait été facile à jouer. *Le Figaro* serait bon pour lui demain, et même *Le Monde* n'y trouverait rien à redire. Avec un peu de chance, il obtiendrait facilement les capitaux qui lui manquaient pour son projet personnel d'implantation dans le Languedoc-Roussillon.

Le cortège grossissait derrière Santonel. M. le ministre voulait-il un rafraîchissement ? Non, M. le ministre rentrait chez lui, merci, merci... Le chauffeur attendait. Santonel s'était retourné, sur le couloir bondé. Si j'avais une flûte, avait-il pensé, je pourrais tous les emmener se noyer dans la Seine, personne ne protesterait.

Soudain, un visage attira son attention. Un regard, une silhouette, presque une ombre, un éclair de mémoire, dans l'encadrement d'une porte.

« José, dit-il, viens, je t'emmène... Allez, allez, avait-il insisté à mi-voix, aide-moi à me débarrasser de ces fâcheux. »

La voiture les emporta chez Boffinger, où Marc Santonel avait sa table réservée tous les soirs. Il aimait cette brasserie vieillotte et plus encore le patron basque au visage creusé, qui semblait toujours fomenter quelque complot.

Un gratin de langoustes suivit les belons, et Santonel, la bouchée suspendue, reprit :

« As-tu seulement vécu avec lui, pour le regretter autant ?

— Huit jours, dit José. Huit jours pleins. Au bord de la mer.

— Evidemment, dit Santonel. Quel manque d'imagination... Je te coupe, excuse-moi, mais as-tu remarqué que dans les mauvais films, passe-moi du pain avec ta main, merci — les amants galopent toujours un peu le long d'une plage, avec des effets de vent dans les cheveux et de grands rires qui leur font montrer des dents de squelettes ?... C'est donc cela, continua-t-il en fermant les yeux à demi, vous vous êtes précipités tout habillés dans les premières vagues et vous avez arpenté des grèves, sous prétexte que marcher dans le varech porte bonheur et qu'une mouette fait le printemps...

— C'est facile de vous moquer », dit José.

Est-ce qu'elle pouvait expliquer là, à ce vieux renard sceptique, qu'en plein novembre une semaine peut contenir quatre saisons, toute une vie ? Est-ce qu'elle pouvait lui faire comprendre cette accélération du temps, cet éblouissement partagé (mais l'avait-il été ?) entretenu, il est vrai, par le vin sec du pays ?

« Et bien entendu, dit Santonel, avec une grimace, tu vas me dire que ce type était jeune et beau, une sorte de prince déchu dans la malversation... Allez, vas-y, raconte-moi tes amours de Deauville... »

Deauville ! Comme il était loin de la petite maison tassée au bord d'une route charentaise, qui n'était qu'un chemin, avec sa porte gonflée par l'absence et l'humidité. Il y avait une odeur surette qui s'exhalait des murs salpêtrés, des carreaux défoncés au sol, un plafond ridé comme un vieux front d'où une araignée géante descendait, souveraine, sûre de n'être pas écrasée, à cause de l'espoir du soir.

Le jardin étouffait la maison, cognait aux vitres ses touffes de tamaris, glissait de l'ortie robuste sous les portes, et caressait le toit poreux, par le bras tendu d'un cèdre plus vieux que tout le paysage, d'où pendait une manche de feuillage noir.

Le fantôme d'une vieille femme surgissait de la végétation désordonnée. C'est là que la mère de François avait fini ses jours. Il restait d'elle des fleurs démodées : pensées ou fuchsias égarés en automne, survivant dans le chiendent de l'oubli. On y retrouvait la sensualité d'une ancienne gourmande qui avait aligné là un rang de thym immortel, du laurier-sauce, de la sarriette et du romarin à portée de la main, le long de la cuisine, à deux doigts des casseroles ; son imprévoyance aussi, par ces conifères plantés trop près les uns des autres et qui, cinquante ans après, s'étouffaient du pied, les aiguilles rôties par la promiscuité des troncs, mais superbes dans la solitude de leurs sommets.

Cette mère morte donnait à Beaufils une dimension nouvelle. Il redevenait l'adolescent qui rentrait de classe par la route des marais salants et ouvrait à coups de pied le vantail de bois. Ses joues se recoloraient d'enfance, marbrées par l'air vif.

Ils avaient traversé les pièces de la maison abandonnée, avec la timidité angoissée qu'on éprouve à violer des ombres. Qui avait pour la dernière fois allumé le feu dont les charbons calcinés s'étaient champignonnés au fond de l'âtre ? Qui avait bordé l'affreux couvre-lit rouge dont les méandres piqués à la machine évoquaient des boyaux de satin ?

Des casseroles mortes pendaient dans la cuisine. Des souris vives dansaient sous l'escalier. Alors le temps avait coulé, lent, inexorable comme les nuages. Le temps s'était précipité. Soir ou matin, le temps avait passé. Il y avait eu des flammes dans la cheminée, des lits bassinés d'une violence subite, des sommeils plombés à dix brasses de fond, jambes mêlées. Des marches par vent debout, quand le vent de noroît pose un mur invisible aux promeneurs, les étourdit d'iode et mange leurs mots inutiles, avant d'aller tordre un peu plus les arbres déjetés au bord des routes.

Il y avait eu des nuits de loups-garous tombées en quelques secondes qui les avaient poussés, frileux et pris d'une joyeuse folie pyromane, vers la cheminée surmenée de bois sec et de chaises brisées.

« On pourrait brûler la maison, avait proposé François. Il n'y a pas de pompiers à moins de dix kilomètres. Imagine ce bouquet qu'on verrait de la plage... Avec tous ces vieux bois, ça ne ferait pas un quart d'heure.

— Tu n'aimes pas cette maison ?

— Elle est finie. »

Les pommes de terre cuites dans la cendre leur faisaient des dents de sauvages et la nuit sorcière écrasait les vitres embuées.

José avait appris des gestes inoubliables : comment on détache au couteau les petites huîtres des rochers et comment on ouvre des coques deux par deux, en les tournant sur leurs jointures.

Il y avait eu un matin de soleil, un regain de l'été. François, volubile comme jamais, racontait le collège de Rennes où on l'avait enfermé après 1940, quand son père avait explosé avec son bateau dans la rade de Mers-el-Kébir. C'est comme ça : quand les pères sautent, on punit leurs fils par quelques années de jésuites !

Le soleil chauffait le thym et José, étourdie par deux Ricard, s'était dédoublée. Elle se voyait avec Beaufils, tous deux assis sur le muret, lui parlant, riant, elle, arrachant des touffes d'herbes en se disant qu'il fallait se dépêcher, que le temps pressait, qu'elle devait avertir François immédiatement qu'ils n'avaient pas une heure à perdre. Elle avait essayé de parler mais, comme dans les cauchemars ou les télévisions cassées : le son ne passait plus. Elle s'était effondrée.

Alors François l'avait calmée, bercée, lui avait parlé longtemps, nez contre nez et ce qu'il disait était terrible et doux. Un jour, oui, ils partiraient tous les deux et ne se quitteraient plus... Mais pas maintenant, tu comprends, pas maintenant... Je fais des choses trop difficiles... Je ne veux pas t'y embarquer... Je ne peux pas te donner plus... Je n'ai jamais vécu autant avec une femme qu'avec toi...

Oui, elle comprenait. Et voilà que, soudain, le vertige passé, lui venait une délivrance, une joie, celle qu'on éprouve dans une maison où quelqu'un vient de mourir, quand le corps est parti et qu'après deux jours de volets fermés le soleil inonde la chambre pour la première fois. Il y avait quelque chose comme ça dans sa mémoire : un matelas retourné, des rideaux qui volent par une fenêtre d'où quelqu'un s'est échappé. Un soulagement, une résurrection, Pâques.

« Je veux que tu me racontes tout, continua Santonel. *Tout*, tu entends ? Je veux t'aider mais, pour cela, il faut me faire confiance. »

Bon, elle ne demandait pas mieux. Elle était à bout, après toutes ces semaines de solitude et la sollicitude de Santonel, l'oreille qu'il lui prêtait lui faisaient du bien.

Elle avait accepté de le suivre chez lui, avenue Kléber. Là ou ailleurs, quelle importance ? Il ne la violerait pas. L'air satisfait qu'elle avait surpris sur son visage, lorsque Santonel avait rendu leur salut aux deux agents qui gardaient son porche, annonçait une vanité comblée : on saurait demain que l'affreux Santonel était rentré chez lui, plus tard que d'habitude, en compagnie d'une très jolie femme. Les flics sont bavards. Tous de mèche avec les journalistes.

José était allongée sur le canapé d'un salon. Le feu crépitait dans la cheminée et Santonel venait de lui verser un alcool doré.

« Alors, reprit-il, qu'es-tu allée faire en Inde ?

— Une collection, dit José. On était cinq.
C'était en janvier... »

Elle aurait aimé que François l'accompagne,
mais ce n'était pas possible. Par contre, il
l'avait chargée d'une mission enfantine, un
nouveau début dans le métier : rapporter de
Bombay trois kilos de haschich qu'elle aurait
à prendre chez un de ses amis de là-bas. Elle
n'aurait qu'à glisser les plaques brunes dans
une gaine qui les maintiendrait bien serrées
autour de ses hanches. La chaleur de son corps
les rendrait plus malléables. La veille de son
départ, Beaufils avait ajouté les dernières
consignes : le manteau qu'elle devrait porter
pour dissimuler le tout, la bombe désodori-
sante si l'odeur exaltée par la chaleur de son
corps se faisait trop insistante, dans l'avion.
Il fallait qu'elle s'arrange pour partir deux
jours après les autres, afin d'être tranquille.
Qu'elle passe hardiment la douane comme elle
en avait l'habitude : on ne la fouillerait sûrement pas.

Il y a des souvenirs qui ont l'intensité
d'une présence. C'est sur la route d'Orly que
le vieux visage maquillé de Miss Brooklet
s'imposa tellement à la mémoire de José,
qu'elle sentit presque physiquement la présence de l'Irlandaise à ses côtés, comme celle
d'un ange gardien flapi mais curieusement
vigilant. Comme si Miss Brooklet, en personne,
la menait à l'avion. Comme si sa volonté précise animait les essuie-glaces qui effaçaient
inlassablement, devant ses yeux, un paysage
boueux de janvier. Elle était peut-être morte,

la sorcière buveuse de thé et, enfin libérée
d'un corps qui limitait ses pouvoirs, s'arran-
geait pour offrir à José le cadeau d'un voyage
promis depuis deux ans.

« A quoi penses-tu ? avait demandé Beaufils.

— A une vieille dame dont les plumes sont
mitées...

— Déconne pas. Tu as pris tes papiers ?

— Oui, ne t'inquiète pas. Je vais partir !

— Tu dis n'importe quoi. Tu sais très bien
que j'aurais voulu t'accompagner... Mais je
n'ai pas le temps de faire du tourisme... Pas
maintenant. Un jour, on s'en ira, je te le
promets. Tu as la gaine ?

— Oui.

— Tu as compris, pour Bombay ?

— Oui.

— Répète...

— ... Le 17, six heures, Crawford Market...
Au coin de la rue Sheik Memon... je prends le
taxi jaune jusqu'au temple Mumbadevi... Je
demande Josef...

— Où retrouves-tu les autres, maintenant ?

— Au contrôle des bagages.

— Tu leur as dit que tu restais deux jours
de plus ?

— Non. Je le ferai là-bas. Ça aura l'air d'un
caprice.

— Tu as peur ?

— Non. Ça m'amuse. Peur de quoi, d'abord ?
Je n'ai rien à perdre.

— Si, moi.

— Je ne t'ai pas. Je ne peux donc pas te
perdre. »

Beaufils avait freiné brusquement et s'était arrêté sur le bas-côté.

« Qu'est-ce que tu fais ? On n'a pas le droit de s'arrêter ici...

— Je m'en fous, dit Beaufils. Je veux te dire au revoir... Je ne veux pas que les autres me voient, là-bas... Ecoute, Joséphine, moi, je ne te perdrai jamais, même si j'ai... des absences... Ecoute, ma vieille... je ne sais pas parler aux femmes. Celles que j'ai connues ne poussaient pas à la conversation... Ecoute, José, je ne peux que te dire ceci : je serai là, tout à l'heure, quand ton avion décollera et je serai là, quand il reviendra... Nous serons séparés trois semaines, ce n'est pas la mort ?

— Non, dit José. On a déjà été séparés pendant vingt-cinq ans !

— Ne plaisante pas, s'il te plaît...

— Tu ne veux pas que je pleure ?

— Je sais que tu ne pleures jamais, dit Beaufils en lui serrant les poignets. Tu entends ? Je sais que tu ne pleures pas et que c'est ce qui me plaît, chez toi... Salut, Joséphine Boudard !

— Salut, François Beaufils !

— *Je vois un homme* », ... dit Miss Brooklet. Et tandis que la voiture démarrait, José aperçut l'Irlandaise dans le rétroviseur, assise en tailleur sur la banquette arrière, ombre grise qui se découpait faiblement sur le gris de l'asphalte. Miss Brooklet mangeait du pop-corn, qu'elle tirait d'un sac de papier, scrotch, scrotch, en rigolant silencieusement de ses soixante-quatre dents britanniques.

Quand la voiture vira près des parkings, elle fit un énorme clin d'œil à José, pas lady pour un sou, une grande grimace rigolarde, amicale et un peu canaille, venue tout droit d'un pub de Dublin. Et puis, elle disparut.

La main de François sur l'épaule de José : sortilège. Les lèvres de François et l'odeur de son cou mêlées à un panneau de la Sabena, images, images ! Il manque un bouton à son col et je le quitte peut-être pour toujours. Salut, Joséphine ! Salut, toi, Beaufils ! Entre le cou et la Sabena passe un couple pathétique dont les visages se mêlent aux adieux. Elle, avec ses cheveux de fausse blonde, trop blonds, et ses racines noires, un pouf sur le dessus de la tête et de longues démêlures juvéniles sur des épaules de quarante-cinq ans. Une tête de vieille Marie-Antoinette qu'on aurait ramassée au bas de l'échafaud et recollée à la hâte sur un corps bouffi. Lui, la cavalerie ratée. Triste regard de celui qui aurait dû mourir en gants blancs, mais qui est arrivé cinq minutes en retard sur le pont fatal et ne s'en consolera jamais. Ils passent en traînant un chariot à bagages. François a disparu.

Ça n'est pas le moment de mollir. Elle part pour les Indes, figurez-vous, et ce pluriel lui plaît. Elle avance entre les Chinois jaunes, les Anglais rouges, les Français gris, vers le contrôle où les visages familiers de Peggy et

de Carline surgissent pour l'accueillir. Franck
est parti acheter des cigarettes.

« Je tremble, dit Peggy, je ne sais pas pourquoi.

— Normal, dit José, on va sauter par-dessus
la moitié du monde.

— Tais-toi, dit Peggy, tu me fous la
trouille ! »

Quelque part, non loin de là, Miss Brooklet
a troqué son pop-corn contre un verre de
Glenmore. Le coup de l'étrier qui desserre la
gorge. José se retourne en haut de la passe-
relle et regarde la façade de verre. François
doit être là, quelque part. Ou bien il glisse
déjà sur la route mouillée, vers les brumes
de Paris.

Une musique mortelle envahit le Boeing.
Cool, mes petits, cool, détendez-vous. C'est le
vieux Charles Trenet qui va vous endormir les
nerfs... « Revoir Paris... lalala, lalala... » Violons et batterie douce pour le décollage. Une
hôtesse indienne, anachronique dans son sari
du Moyen Age, explique le masque à oxygène
et la gonflette du sauvetage. Peggy est verte
de peur et Franck tripote nerveusement sa
gourmette. La bête glisse sur la piste, s'emballe, se cabre, essaie ses forces au point
mort et s'élance à une vitesse de cauchemars
enfonçant sous elle des carrés de forêts,
des champs, des fils luisants qui sont des
rivières, des nerfs routiers concentrés sur des
points de fronce qui sont des villes. La France
s'éloigne, avalée par une bouche de coton gris
de plus en plus dense, puis qui va s'éclaircis-

sant. Enfin, la bête rentre ses pattes et s'installe dans le bleu de l'été éternel où il n'y a plus de saisons. Les montres se détraquent et François Beaufils s'éloigne dans le temps. La nuit peu à peu monte au ciel, dans des vagues de cuivre. José, somnolente, regarde Peggy endormie au coin d'un jeune homme qui part pour Katmandou.

Miss Brooklet seule était à son aise, en sortant de l'aéroport de Bombay, à six heures du matin, dans une aube rouge et moite qui collait à la peau. Il en fallait d'autres pour émouvoir une personne bercée dans son enfance par les exploits de son grand-père Arthur qui avait écrasé les Cipayes en révolte, aux côtés de Wellesley. A peine si l'odeur misérable des taudis qui bordaient la route de l'aéroport lui faisait froncer la narine. Son regard clair glissait, intouchable, sur les silhouettes décharnées qui se livraient aux ablutions rituelles de l'aube ou se vidaient les intestins, accroupies sur les talus. Elle sortit tranquillement pour prendre l'air, quand le taxi bloqué par un troupeau de vaches aussi sacrées qu'obstinées obstrua le passage.

José, horrifiée par les énormes corbeaux bleus, sur-nourris de chair humaine, qui approchaient, familiers, en sautillant lourdement, n'osait quitter l'abri de la voiture et regardait le chauffeur en train de prier respectueusement trois jeunes vaches de s'en aller ailleurs.

Les vaches, visiblement, s'en moquaient. L'une d'elles rigolait même franchement, en écoutant les objurgations de l'Indien. Elle avait le mufle hilare et l'œil pervers, tandis que sa queue jouait mollement avec la poussière de la route. Et l'Indien continuait avec un flegme qui n'était que flemme à pratiquer le culte exaspérant de la vache qui rit.

Une odeur fade, affreuse, s'intensifia, aux faubourgs de la ville. Le taxi se faufilait en klaxonnant sans arrêt, dans une foule d'humains ébréchés qui encombraient la chaussée.

Une heure plus tard, José s'effondra sur un lit du Taj Mahal qui ressemble au Negresco. Elle s'endormit immédiatement dans le ron-ron d'un gros ventilateur.

Possédée, obsédée, José dériva quinze jours, dépaysée brutalement par ce bout du monde. La pensée de François ne quittait plus son esprit enfiévré par l'absence et, certains soirs, elle l'évoquait avec une telle acuité qu'elle aurait trouvé absolument naturel de le voir entrer dans sa chambre. Il était là, quand les petits avions déglingués des lignes intérieures l'emportaient d'une ville à une autre. Il surgissait entre les ombres souples des cocotiers que le soleil de trois heures allongeait sur le sable brûlant des plages. Il se glissait dans l'air frais que les climatiseurs des hôtels envoyaient en bourdonnant à travers les pièces closes où la lumière électrique confondait

nuits et jours. Il devenait le dieu vers lequel
José se dirigeait, pieds nus, dans l'obscurité
des temples et elle aurait aimé, comme les
femmes qui l'entouraient, verser de l'huile, du
lait, poser des colliers de jasmin et frotter de
pourpre les statues des bœufs sacrés et des
dieux-éléphants, Babar du Nirvanâ. Elle se
prosternait à tout hasard et, du front, touchait
le sol pour apaiser une colère divine, venue
du fond des temps.

Parfois, elle retrouvait des gestes qu'elle
n'avait jamais appris. Elle se mit à danser un
jour, sur une plate-forme où, des siècles plus
tôt, les courtisanes du temple se déhanchaient
pour plaire à Bouddha. Les Européens la
trouvaient drôle. Seul le guide indien n'avait
pas ri. Il avait regardé, fasciné, cette femme
étrangère qui agitait ses mains exactement
comme les danseuses de pierre figées aux
flancs du temple et il avait été bien près de
s'agenouiller devant elle.

José, déchaînée, échappait à ses compagnons.
Seule, malgré les mises en garde de Franck,
elle bravait la chaleur et partait explorer les
temples, à l'heure où les touristes anglaises,
qui, pourtant, résistent à tout, somnolaient, cra-
moisies, huileuses, sous leurs moustiquaires.
José jetait ses chaussures à l'entrée des temples, pénétrait dans les jardins sacrés et sau-
tillait de flaque d'ombre en flaque d'ombre
pour éviter le sol chauffé à blanc qui lui brûlait les pieds.

Pourtant, tout ce qu'elle découvrait était
subordonné au bonheur de retrouver Beaufils.

Elle était allée l'attendre aux Indes au lieu de
le faire à Paris. Oui, ce grand jardin étouffant
n'était qu'une salle d'attente et, le soir, elle
biffait les jours qui la séparaient de son retour
en France, comme font les pensionnaires pari-
siens exilés à Bourges.

Habitués à ses foucades, Franck et les
mannequins la laissèrent à Bombay pour les
deux jours supplémentaires qu'elle avait décidé
de s'octroyer.

PAR crainte de manquer le rendez-vous avec Josef, elle arriva une demi-heure à l'avance et se promena, dans l'énorme halle de briques rouges emplie de légumes, de fruits et de fleurs que des femmes, assises à même le sol, tressaient pour les chignons du soir.

A l'heure dite, elle trouva l'Indien au poste. Sans âge, d'une saleté repoussante, vêtu à l'européenne, le visage verdâtre et fiévreux, il ressemblait aux traîtres exotiques qui aident aux enlèvements, dans les albums de Tintin et Milou.

Il eut un sourire d'accueil qui découvrit ses dents pourries et poussa José dans le taxi en bafouillant, dans un anglais approximatif, qu'il fallait traverser la ville, pour aller chercher le « paquet ».

José n'était pas tranquille et le fut encore moins quand elle surprit, dans le rétroviseur, un clin d'œil échangé entre ce dernier et le chauffeur du taxi qui avait l'air encore plus louche que l'autre.

Le taxi s'était enfoncé à travers des petites

ruelles torpides, bordées d'échoppes borgnes.
Des enfants nus et d'une grande malpropreté,
allongés sur le sol des trottoirs, suçaient d'im-
mondes gâteaux. Des vieillards accroupis se
grattaient lentement, obligeant les passants à
les contourner.

Pour apaiser la peur qui l'oppressait de plus
en plus, José avait adressé la parole à l'Indien,
du ton le plus dégagé possible. C'était loin,
encore ? Est-ce que le haschich était de bonne
qualité au moins ?

« *Don't care, sister*, avait répondu l'autre,
don't care... You have to try it... »

Et, d'une serviette de plastique graisseux
qu'il tenait sous le bras, il avait sorti une
cigarette grossièrement roulée, qu'il lui avait
tendue.

« *Try it !... Try it !* »

Il avait gratté une allumette.

Que faire ? Refuser allait peut-être fâcher
l'immonde personnage. Il était capable de faire
arrêter le taxi dans une de ces ruelles, et de
la tuer dans une encoignure, aidé par le chauf-
feur-cloporte...

« *Are you American ?* »

Ça y était ! Il la prenait pour une riche
Américaine... Et pourquoi l'avait-il appelée
sister ?... Qui la retrouverait dans ce fond
grouillant de Bombay ? Qui pourrait venir à
son secours, dans ce dédale de rues où pas un
policier n'osait s'aventurer ? Ah ! François
l'avait jetée dans une drôle d'aventure !

L'évocation de François la rassura. Elle était
là pour lui : il ne pouvait donc lui arriver

aucun mal. Mieux valait avoir l'air d'une habituée, aux yeux de l'Indien. Elle alluma bravement la cigarette et en tira une longue, longue, profonde bouffée, comme elle avait entendu dire qu'il fallait le faire. Elle avait bien fait de s'y résoudre : le type, à présent, se détendait, souriait... Il reconnaissait sa *sister*...

Et puis, le goût n'était pas désagréable. Cela sentait la résine de pin mêlée à des relents balsamiques, ceux des gouttes que Lili Boudard lui fourrait dans le nez, quand elle était enrhumée... C'était fini, la peur. Tout son esprit se détendait et elle rendit même à l'Indien son sourire.

« *Good*, dit-elle. *Very good.* »

Elle aspira une nouvelle bouffée. Et puis une autre. Et une autre encore.

Quelle idiote elle avait été de craindre qu'on l'étrangle. Sa situation lui apparaissait très nette, à présent : elle allait tout simplement faire une course pour Beaufils... Dans un drôle de quartier, d'accord, mais tant pis... Evidemment si Lili Boudard la voyait, embarquée dans ce taxi déglingué, avec deux traîtres de Tintin et Milou, elle partirait à la renverse... A la renverse !... José se mit à rire en évoquant la scène : Lili Boudard culbutant de surprise, avec ses robes grises et ses voilettes, culbutant, culbutant comme une marionnette, le sac serré sous le bras et l'air revêche... Et plus elle culbutait, plus José riait, riait, riait, les larmes aux yeux. Et les gens dans la rue. Tout Bombay se gondolait, depuis la Marine Drive qui ressemble à la Promenade des Anglais,

jusqu'aux ruelles pourries de la banlieue, en
passant par la piscine britannique, interdite
aux Indiens, où de blonds officiers de marine
américains vont draguer des hôtesses de l'air,
tandis que leurs cargos boivent du pétrole.
Bombay hurlait de rire, jusqu'à la Tour du
Silence où des corbeaux gras comme des dindes picorent les yeux des cadavres exposés.
Et Kipling se tenait les côtes d'entendre les
Indiens rire en anglais. Et voici que le rire de
Miss Brooklet se mit aussi de la partie, au
moment où le taxi s'arrêta.

José était descendue en s'essuyant les yeux,
encore secouée de longs sanglots de rire qui
lui faisaient tourner la tête. Elle pouvait à
peine marcher. Mais pourquoi ces deux imbé-
ciles ne venaient-ils pas l'aider, le chauffeur
et l'autre ?... Elle les voyait discuter en regardant dans sa direction. L'Indien véreux disait :
non ! non !... Enfin, ils vinrent la chercher.

La rue était bordée de petites boutiques
ouvertes, qui scintillaient dans le crépuscule.
Des perruques d'argenterie pendaient aux plan-
ches qui servaient de devantures. Des milliers
de colliers, de bracelets, de boucles d'oreilles
à l'éclat agressif.

José pénétra avec les deux hommes dans une
des bijouteries. On la fit asseoir sur une chaise,
en face d'une sorte de comptoir derrière lequel
un vieillard, assis en tailleur, jouait à équili-
brer les plateaux d'une balance à peser
l'argent.

L'Indien et le chauffeur avaient disparu
dans une arrière-boutique où José distingua

— non, elle ne rêvait pas ! — une femme enceinte entièrement nue qui jetait à manger à de jeunes enfants. Elle tenait une gamelle, contre son gros ventre, d'où elle tirait des poignées d'une matière inidentifiable, qu'elle éparpillait comme du grain aux poules, aux enfants qui se la disputaient.

Il valait peut-être mieux renoncer momentanément à comprendre ce qui se passait alentour. Le plus important était de partir rapidement de cet endroit et d'apaiser n'importe comment cette nausée...

Au moment où elle songeait à se lever de sa chaise, où elle s'obligeait à penser qu'elle allait le faire, les deux hommes revinrent avec un paquet enveloppé dans du papier journal. Elle déposa la liasse de billets dans la main de l'Indien et, enfin, le taxi l'emporta.

Elle était encore très étourdie en arrivant au Taj Mahal, mais l'envie de rire était passée, remplacée par une extrême gravité, la componction même, un souci de bien faire qui la poussait à accomplir chaque geste comme si sa vie dépendait de son parfait accomplissement. Traverser le hall, par exemple, d'un pas parfaitement égal et régulier, le buste rigoureusement droit. Et appuyer d'une façon précise sur le bouton de l'ascenseur, sans s'y reprendre à deux fois !

Ce souci de perfection l'occupa toute la soirée. Elle prenait l'avion de minuit et rassembla ses bagages avec un soin excessif et des gestes d'une lenteur incroyable. Elle descendit pour dîner, dans cet état. Un orchestre

indien jouait sur une estrade et, pour la première fois, José apprécia les sons tirés des
instruments bizarres, alors que cette musique
l'avait toujours exaspérée. Elle était d'accord
avec chaque son, comme si elle avait prévu,
commandé à l'avance chaque note. Comme
si, pour la première fois, il lui était donné
d'entendre. La preuve : elle percevait avec
une clarté étonnante ce qui se disait aux
tables voisines. Son oreille absorbait les voix,
le bruit des couverts, jusqu'à des froissements
de papier. Elle était devenue l'oreille du
monde.

« Détends-toi, dit Santonel. C'est fini. Dieu
merci, tu es tirée de cette sale histoire. Tu
sais que tu es vraiment la plus folle des
folles... Tu imagines ce que tu risquais si tu
t'étais fait prendre avec ce chargement de
saloperie... Comment as-tu fait à Orly ? »

Santonel était stupéfait. Sa question était
amicale, pourtant, José n'avait pu en douter...
D'où venait cette réaction incompréhensible ?
La jeune femme s'était redressée brusquement, avait caché son visage dans ses bras et,
oui, elle pleurait ! Il voyait ses épaules se
soulever. Il l'entendait haleter et, pris de
court en face d'un problème qui ne s'était
jamais posé à lui, Santonel resta pantois.
Désarmer un jeune ambitieux, affronter l'oppo-
sition, tourner une question insidieuse, monter une coterie, démembrer un noyau de parle-
mentaires séditieux, il savait faire tout cela.
Mais consoler une jeune femme en larmes,
non, cela ne lui était jamais arrivé.

Pas un seul instant, d'autre part, il n'aurait pensé que cette petite lame inflexible, ce caillou brillant qu'il avait découvert chez les Verraque, cette âme d'acier qu'il avait devinée, pût s'effondrer de la sorte. Un doute général lui en venait et l'impression était très désagréable.

Qu'avait-on pu lui faire à Orly ? L'avait-on déshabillée, battue, humiliée ?

« Calme-toi, dit-il... Tu as eu de graves ennuis avec la police ? »

José releva la tête. Il fallait avoir perdu tout espoir, toute pudeur, pour découvrir un visage pareil. Des yeux liquides, fixes, coulaient des larmes noires qui sillonnaient les joues en les barbouillant, déviaient au coin de la bouche et gouttaient au menton. José pleurait comme on pleure à douze ans, sans souci du ravage. Elle pleurait peut-être pour la première fois, pour le faire aussi salement.

« Ce n'est ... pas ça, dit-elle. Il... Il n'est pas venu... Je l'avais attendu... pendant quinze jours... Toutes les minutes, vous comprenez ?... Une... minute de plus, ça faisait... une minute de moins... Quand j'ai pris l'avion pour revenir... c'était la joie... vous ne pouvez pas savoir... Je n'ai même pas eu peur, cette fois... que l'avion tombe... comme d'habitude... Ce n'était pas possible !... Je lui parlais tout bas, comme on fait sans le vouloir quand... on va voir quelqu'un... Les dernières heures, je ne pouvais plus les supporter. J'aurais voulu faire sauter les escales... Quand on remontait dans l'avion, je trouvais qu'il n'en finissait

plus de décoller... Pour un peu, j'aurais donné
des coups de reins sur mon fauteuil, pour
l'aider à partir... J'imaginais François endormi,
François réveillé... Une demi-heure avant
d'arriver, je le sentais sur la route d'Orly...
En quinze jours, j'avais perdu son visage... Je
savais qu'il était comme ci et comme ça, des
petits bouts... Je me souvenais de sa main,
de sa voix, mais l'image n'était pas complète...
Il m'en venait comme une timidité... C'était
presque un inconnu que j'allais retrouver.

« Quand l'avion a atterri, je suis sortie parmi
les premiers voyageurs. J'avais froid de bonheur... Je l'ai vu de loin, vu, derrière les vitres
du hall, et j'ai levé la main vers lui... J'avais
oublié le haschich qui me collait au corps et
me gonflait les hanches. Les couloirs, les escaliers me semblaient interminables. Je riais,
j'avais les larmes aux yeux. Je suis passée
comme ça à la douane, sans ennui. Les doua-
niers sentent la peur obsédante des coupables,
comme les chiens flairent la crainte des gens
qu'ils vont mordre. Il n'y avait pas de trans-
mission de pensée, entre le policier qui a
tamponné mon passeport et moi.

« François n'était pas au portillon, mais je
ne me suis pas inquiétée immédiatement. Il
se cachait sans doute pour me voir de loin
pour faire durer d'une minute le plaisir des
retrouvailles en faisant durer d'une minute le
tourment de l'absence. Je comprenais cela.
Les gens me bousculaient. J'étais comme un
caillou dans leur rivière. J'étais plantée là
et le temps passait... Je refusais de toutes mes

forces ce que je savais déjà, au fond de moi :
qu'il ne viendrait pas. Que cette silhouette, là,
n'était pas la sienne, ni cette autre... Qu'il
était inutile de se retourner subitement pour
le faire apparaître ou d'attendre deux mains
sur mes yeux ; que je m'étais trompée quand
j'avais cru le voir... qu'il était inutile de rester
là, devant le tableau magique où tous les pays
du monde s'écrivent en lettres sautillantes...
qu'il fallait quitter ce port du désespoir, cette
cathédrale de l'abandon, et ne plus voir les
baisers atroces qui s'échangeaient autour de
moi, baisers de joie, baisers de détresse, baisers
de Judas.

« J'ai attendu près d'une heure pour lui
laisser la possibilité d'un retard et puis je
suis rentrée en taxi... Je me cramponnais
encore à n'importe quel espoir : il n'avait pas
pu venir... Il y aurait un message chez moi,
mais il n'y avait rien et la colère m'a sauvée
pour un moment.

« Vous voyez, je ne me suis pas tuée. Je ne
sais pas me tuer. On peut me laisser sans
inquiétude sur les bords de la Seine ou à côté
d'un tube de tranquillisants. Je suis insuicidable, ce qui ne simplifie rien...

« Pendant huit jours, je me suis appliquée
rageusement à le jeter hors de ma vie. J'avais
recommencé à travailler. J'avais l'œil sec et
de bons arguments pour le garder. Je me parlais tendrement, patiemment, comme on
s'adresse à une idiote pour lui faire entrevoir
une vérité simple ; j'avais vécu vingt-cinq ans
sans lui, il n'y avait donc aucune raison pour

ne pouvoir m'en passer désormais. Il suffisait de réduire cette histoire à ses justes proportions : une aventure un peu chaude qui s'était terminée en queue de poisson. Si je m'y étais quelque peu écorchée au passage ce n'était qu'une juste et modeste revanche pour tous ceux qui, depuis ma naissance, m'avaient promis et souhaité l'enfer, en échange des tourments que je leur avais causés.

« La perte de François se réduirait ainsi à une justice immanente qui m'acquittait en un coup, de vieilles dettes sentimentales. Je n'étais plus, désormais, insolvable.

« Ne restait, en somme, que l'impression désagréable d'avoir été jouée ou, si vous préférez, d'avoir joué toute seule. Je m'étais jetée entièrement à cet homme avec une spontanéité aussi neuve qu'imbécile et je n'avais été pour lui qu'une femme parmi d'autres, un pied-à-terre, une complice volontaire, un appât complaisant.

« De quoi pouvais-je me plaindre ? Il ne m'avait jamais rien promis. Il ne m'avait même jamais dit qu'il m'aimait. A peine avait-il laissé échapper ce « malheur à nous si on se quitte » qui n'était peut-être qu'une expression folklorique de bien-aise...

« Vous voyez, j'allais beaucoup mieux quand, deux semaines plus tard, j'ai reçu un coup de téléphone de Dédé-la-Frite, un de ses amis... oui, c'est un drôle de nom... qui voulait me voir.

« Je l'ai retrouvé le jour même dans un bistrot de l'avenue de Wagram. Il était vert.

Il était gris. Il m'a tout dit : le « casse » manqué, les coups de feu, un flic descendu, Beaufils une balle dans la jambe, à Fresnes, pour longtemps sans doute, à cause du flic. Les autres s'étaient tirés.

« François, de la prison, avait réussi à communiquer avec Dédé. Il s'excusait pour Orly. Il me confiait à lui. Il ne fallait surtout pas que j'essaie de le voir. Visites interdites. D'autre part, la flicaille était sur les dents et n'avait pas fini de renifler de notre côté. En ce moment même, disait Dédé, en regardant autour de nous, ça ne m'étonnerait pas qu'il y en ait un dans le coin !... Il ajouta que, personnellement, je n'avais rien à craindre, si je restais peinarde... On tient toujours les femmes à l'écart de ce genre d'histoires... Mais on ne savait jamais. François souhaitait que je m'écrase au maximum... Tu l'as jamais vu, jamais connu, répétait Dédé, t'as compris ?... Tu sais pas qui on est... Qu'est-ce que t'as fait du H ?... Je lui dis que je l'avais jeté dans la Seine... T'as des caprices qui coûtent cher, dit-il, mais ça vaut peut-être mieux comme ça. Il m'a laissé un numéro de téléphone où le joindre si j'avais des ennuis et puis, il a disparu.

« Du coup, tous mes efforts pour me détacher de Beaufils se sont effondrés. Au contraire, je m'en voulais d'avoir pu douter de lui, de nous, à un moment, justement, où il devait être si malheureux. Qu'est-ce que je pouvais faire ? Qu'est-ce que je pouvais inventer pour le tirer de cette prison ?... J'ai pensé

à vous, mais bien sûr, vous n'y pouviez rien...
Un ministre ne va pas risquer des ennuis pour
faire sortir de prison un voleur et peut-être
un assassin, n'est-ce pas ?

— En effet, dit Santonel, je ne crois pas
que j'aurais pu faire grand-chose...

— Alors voilà, reprit José. Je n'avais plus
envie de vivre et, comme je vous l'ai dit, je
ne sais pas me suicider. Le travail était au-
dessus de mes forces. Je ne pouvais plus
supporter de voir une robe, un photographe,
ni faire l'effort de me dandiner.

« Je me suis mise à détester ce stupide
métier de fille-de-couverture, de porte-manteau
ambulant, de femme-sandwich, j'ai quitté
Franck Ladurie. Il était fou de rage, mais
je suis partie quand même. Et j'ai dormi,
dormi, dormi. C'est comme ça quand je suis
malheureuse, je dors... Lili, pardon, ma mère,
m'a dit que j'avais dormi ainsi pendant les
six premiers mois de ma vie. On me foutait
des baffes, ça ne me réveillait pas. Au bout
de six mois, je me suis mise en rogne et ça
dure encore...

« Qu'est-ce qu'on avait fait de lui, pendant
que le printemps montait sur Paris ? J'y pensais le matin, quand le soleil attaquait mon
balcon. J'y pensais le soir, quand des rires de
garçons et de filles montaient de la rue du
Bac...

« Je ne savais rien des prisons. Je ne savais
même pas où se trouvait Fresnes... On avait
dû lui lier les mains avec des bracelets de
fer. Clic-clac. On voit ça au cinéma. Cette

précaution naïve l'avait peut-être fait sourire.
Des menottes, pour quoi faire, au point où il
en était ?... Et puis le panier à salade, la banquette, les deux flics avec des mitraillettes et
la traversée de Paris... A combien de feux
rouges avait-il eu la tentation de se sauver,
au point de crisper ses poings jusqu'à ce
que les veines de ses mains se gonflent ?

« Je voyais tout, je savais tout. Mais je le
perdais encore une fois, passé le porche de la
prison... Il avait dû se frotter les poignets,
quand on lui avait ôté les menottes. C'était
le dernier geste de lui dont j'étais sûre...

« L'idée de François enfermé empoisonnait
chaque moment de ma vie, comme une jalousie à l'envers, si vous voyez ce que je veux
dire... Parce qu'il était à l'ombre, je ne supportais plus le jour. Parce qu'il était seul, je ne
pouvais plus parler aux gens. Et boire du
champagne, ni traverser les Tuileries, ni rien,
rien, rien...

— Bon, dit Santonel, pour arrêter ce délire,
tu étais en pleine dépression... Comment es-tu
venue à la télévision ?

— Encore une fois, je n'avais plus d'argent,
dit José. On m'a engagée dans une émission...

— Ça t'a tirée d'affaire mais tu ne vas pas
moisir ici toute ta vie ? »

Il s'assit au bord du canapé et lui prit les
poignets fermement.

« Ecoute-moi, José, je vais être très brutal
avec toi. Depuis trois ans, tu t'es conduite
comme une imbécile. Ce n'est pas cette histoire avec ce... Beaufils que je te reproche.

Ces choses-là sont insondables... Mais c'est de t'y être perdue un peu toi-même.

« S'il a jamais existé une femme capable d'être un être triomphant, c'était toi. Tu avais tout : la beauté, l'intelligence, l'agressivité et même cet œil sauvage, cette lucidité qui ne rend pas douce la vie de ceux qui en sont doués mais qui constitue une arme invincible. Tu avais tout cela et qu'en as-tu fait ? J'attendais une reine et je découvre une loque... ne m'interromps pas, s'il te plaît »

Santonel se leva, décrocha un miroir et l'approcha du visage de José.

« Regarde-toi, dit-il. Regarde là... »

Il approcha son doigt et le posa au bord de la paupière que les larmes avaient légèrement gonflée.

« Regarde, dit-il... Tu vois ces petits plis, là où la peau est fine... »

Le doigt descendit le long du nez, glissa au coin de la lèvre.

« ... et là, un petit sillon commence à se creuser. C'est la mort qui vient, José. C'est pire que la mort pour une femme, c'est le début de la vieillesse à tête de chien. Tu as vingt-six ans et tu as toi-même creusé ces petits traits... Je vais te raconter une histoire. Un jour j'attendais un métro sur un quai, près d'un portillon à main, ouvert et fermé par un contrôleur. Quand la rame est entrée, le contrôleur a refermé le portillon, selon le règlement, pour empêcher que les voyageurs montent en marche. A ce moment-là est arrivée, en courant, une jeune fille très jolie, sui-

vie immédiatement d'une femme d'une cinquantaine d'années. Tout s'est passé très
vite : la jeune fille a levé un regard suppliant
vers le contrôleur qui, aussitôt, a ouvert le
portillon pour la laisser passer. Il souriait. La
femme plus âgée a voulu profiter de l'ouver-
ture et l'a regardé également. Mais le visage
du contrôleur s'est éteint. Il a rabattu le portillon pour l'empêcher de passer. Pourtant, la
rame entrait à peine et elles avaient le temps,
l'une et l'autre, d'y monter.

— Où voulez-vous en venir avec votre histoire de contrôleur sadique ?

— A ceci, dit Santonel : tant qu'une femme
peut faire ouvrir les portillons de métro sur
la seule grâce de son visage, le monde lui
appartient. Après, il faut qu'elle trouve autre
chose : il serait temps que tu t'y mettes. Il
faut que tu prennes le train qui te fera partir
vers où tu dois aller... Tu te souviens, ce train
dont nous parlions autrefois ? Or, il n'y a pas
de meilleur train pour une femme, qu'un
homme. Celui que tu as cru trouver n'était
qu'un wagon de marchandises qui t'a laissée
sur une voie de garage. Heureusement pour toi,
tu appartiens à une espèce d'êtres humains à qui
la chance est accordée de droit divin et Beaufils
est en prison pour longtemps. Cette séparation
est un avertissement, José. Crois-moi, le hasard
n'existe pas. Et maintenant, je vais t'appeler
un taxi pour que tu rentres chez toi, car il
est tard. Réfléchis à tout ceci. J'ai des idées
pour toi. Je t'en parlerai plus tard. Regarde-toi
attentivement : tu es pauvre, tu es seule, tu as

vingt-six ans et ta beauté s'en va. Heureusement, tu es libre.

— Vous êtes monstrueux, dit José. Cela
vous amuse de me déprimer ? Est-ce cela que
vous appelez l'amitié ? Et l'amour, est-ce que
vous savez seulement ce que c'est ? »

Santonel fit une drôle de grimace. Un sourire
traversa son affreux visage.

« Excuse-moi, ma chère, dit-il. Je n'ai vraiment pas eu le temps de m'occuper de cet
accessoire. »

Pourquoi Santonel, à cette heure ? Philippe Verraque fit un signe à l'huissier et referma le dossier de la Colombie. Il avait encore trois jours pour décider s'il était bon ou non de prendre des risques de ce côté-là... mais que lui voulait le ministre ?

Il était six heures du soir et les lampadaires de la rue Saint-Honoré s'allumaient. Un ciel plombé, rose et pollué à souhait, avançait au-dessus de Paris. Philippe détestait cette heure louche d'entre jour et nuit qui fait naître l'angoisse et donne du relief à tout ce qui favorise la fatigue et le découragement. L'heure des mauvaises raisons, des lucidités véreuses. L'heure où, bêtement, on se met à compter ses amis sur les doigts d'une seule main, d'une demi-main, sur un doigt et encore, est-ce bien sûr ? L'heure du Jardin des Oliviers. Avec le décalage horaire, il était sûrement six heures à Paris, quand l'Autre s'était aperçu qu'il était seul, avec ses copains endormis. Les soldats déjà arrivaient pour le prendre. Alors, il avait compris que ce n'était pas la peine de compter sur ces tas de fatigue pour le réconfort. Il allait falloir se résoudre à mourir tout seul. Il devait y avoir le même ciel rose et trompeur de crépuscule ordinaire, la même douceur dans l'air.

Philippe était un homme de l'aube : ses forces déclinaient avec celles du soleil. C'était une des raisons pour lesquelles on le voyait rarement le soir, dans les endroits à la mode où son âge et sa situation auraient été bien accueillis. Il s'y ennuyait et y somnolait.

Le jeune homme, en fait, était obsédé par l'idée d'abattre sa jeunesse, véritable tare pour un conseil d'administration dont les membres, eux, n'étaient plus très frais, mais tiraient une vanité incommensurable de leur décrépitude. Les vieux singes prétendent toujours seuls à la science des grimaces et n'avoir pas trente ans constitue un péché impardonnable dans le monde français des affaires qui est encore tenu par des barbons cacochymes, cardiaques ou cancéreux dont il semble que la puissance soit fonction du délabrement.

Philippe Verraque le sentait à tout moment depuis que, à la mort de son père, il avait décidé de prendre très vite des responsabilités. On écoutait ce jeune président avec une déférence de commande qui dissimulait mal le doute et l'ironie. Ses projets d'expansion, de rénovation étaient accueillis avec des silences qui en disaient long. Comment pouvait-on se fier à cette taille élancée, à ces mouvements vifs, à ce teint net, à cette chevelure entière ? Seul, un air de tristesse profonde plaidait parfois en sa faveur, un pli au coin des lèvres qui dénonçait une faille rassurante, un doute peut-être, une cassure mystérieuse mais certaine. C'était le début d'un uniforme de rigueur pour qui veut être considéré. Il mettait du temps à l'endosser, mais c'était déjà quelque chose.

Philippe faisait pourtant ce qu'il pouvait pour cacher cette jeunesse honteuse dont deux années passées aux Etats-Unis n'étaient pas venues à bout. Ce stage d'information avait été, en réalité, un médicament sentimental. Il avait aimé cette fille José, comme il n'aimerait sans doute jamais plus personne, au point de se tirer deux balles dans le corps, quand elle l'avait abandonné. Il s'en était sorti par miracle. L'envie de vivre, sans doute la plus forte, l'avait empêché, au dernier moment, de se faire sauter la tête comme il se doit, et de préférer s'appuyer le canon du revolver entre les côtes.

Comme tous les fils de famille, on l'avait envoyé se faire panser de l'autre côté de l'Atlantique. Pendant ce temps, son père était mort. « Prière revenir d'urgence-stop-papa-décédé-stop. » Stop, en effet, en pleine rue et juste à un feu rouge. Au vert, la Mercedes n'avait pas démarré, houspillée à coups de klaxon par une rue de Penthièvre bouchée. Mais Guy Verraque dormait pour toujours le front contre son volant et tenant son cœur à deux mains. C'est ainsi qu'on meurt parfois, à Paris.

Philippe avait pris la relève, ouvert les dos-

siers, abandonné la maison de Neuilly, pour
s'installer au siège même de la banque, dans
une aile du vieil hôtel de la rue Saint-Honoré.
Une manière de quitter l'enfance. L'amour
était loin.

Philippe avait mis un gilet à son chagrin.
En cas de malheur, on ne risque rien à se
prendre au sérieux. L'empois des responsabilités tient son homme debout. Selon la règle
de la compensation, le jeune homme triste
s'était transformé en bourreau de travail,
mettant à profit son orphelinat doré. Il avait
désormais autre chose à affronter qu'un souvenir douloureux. Le cash-flow, les services
nouveaux à créer, les barbons à réduire, à
séduire ou à contourner mangeaient assez
bien sa vie. Philippe se levait tôt, affichait un
rien de dureté et pratiquait des sports disci-
plinaires : chasse à l'éléphant en Afrique ou
squash, rue Lauriston. Là, dans la salle grilla-
gée comme une cellule du zoo, il se déchaînait
une fois par semaine contre une petite balle
dure qui ne lui avait rien fait. Elle giclait
violemment de sa raquette sur les murs et
le sol blancs. Qui aurait observé le visage de
Philippe à ce moment-là aurait compris que
ce jeune banquier en culotte blanche recélait
encore des trésors de rage intérieure.

Après le départ de José, le soir du face-à-face,
Marc Santonel s'était senti dans un état
d'euphorie exceptionnel. Il y avait de l'arai-

gnée chez cet homme-là et l'araignée venait de sentir, tout à coup, qu'une mouche succulente était venue s'empêtrer dans sa toile, sans qu'il ait eu besoin de s'en mêler. Un véritable cadeau du Ciel.

Il y avait des années que Santonel s'était attaché à la famille Verraque comme du gui sur un pommier. Plus encore que de sentir une banque à son service, ce qui calme les nerfs en maintes circonstances, il ne lui déplaisait pas d'exercer son influence sur ces bourgeois qui lui fournissaient mille sujets d'amusement. Pendant des années, Santonel les avait confessés à tour de rôle. Guy avait eu d'assez sombres histoires de transferts de fonds qu'il avait fallu arranger. Quant à Simone, ses ennuis sentimentaux avaient créé des problèmes qui avaient toujours paru à Santonel reposants comme une prairie, comparés aux complications et aux intrigues politiques qu'il affrontait d'autre part. Seul, jusqu'alors, le jeune Philippe lui avait échappé. Trop distant. Trop méfiant. Non pas d'une intelligence extrême mais sa jeunesse l'isolait. Santonel ne savait pas, à vrai dire, par quel bout l'attraper.

La disparition du père avait secoué tout ce petit monde. Simone, désormais seule à Neuilly, se concentrait sur le souvenir d'un homme qu'elle découvrait après sa mort. Elle en était quasiment tombée amoureuse et son veuvage lui apportait une émotion plus vive que ses fiançailles, jadis. Elle marinait dans des remords et des regrets infinis. Elle parait le défunt de qualités exquises, lui inventait à posteriori des délicatesses subtiles et gommait de son propre passé tout ce qui aurait pu ternir l'image d'un couple exceptionnel.

Santonel avait pensé, un moment, l'épouser. Terminer ce qui restait de cette belle blonde n'aurait pas été désagréable. Cette union, d'autre part, n'aurait pas nui à ses projets sur le Languedoc-Roussillon. Mais, renseignements pris, Simone Verraque n'avait que peu de parts et peu d'actions dans la Banque. Son fils était beaucoup plus intéressant. Restait à trouver le moyen de l'atteindre.

Et voilà que ce moyen était subitement offert à Santonel. Ce moyen, c'était José. La jeune fille devait avoir eu une importance singulière pour ce petit Verraque. Marc se souvenait parfaitement dans quel état il était revenu de sa fugue arcachonnaise, le suicide manqué qu'on avait étouffé et son départ pour l'Amérique. Une dramatique soirée ! Santonel se souvenait également de l'espèce de jubilation intérieure qui avait été la sienne à voir un aussi beau jeune homme en aussi piètre état. Allons, la petite José avait commencé à faire des siennes et il en avait éprouvé comme une fierté paternelle.

Le plan, donc, était simple. On ne tente pas de se tuer pour une femme, à cet âge, sans garder, à l'endroit de cette dernière, une certaine nostalgie. Si je m'arrange pour faire reparaître José devant Philippe, se dit Santonel, la passion du jeune homme se ranimera sans doute. Il voudra l'épouser. José, en état de moindre résistance, comme elle l'est actuellement, peut se laisser faire. Le jeune homme est prévenant et capable de l'entourer de la chaleur qui lui manque si cruellement. Tout est affaire d'occasion avec les femmes. J'aurais, moi, suscité celle-ci et la reconnaissance du jeune Verraque, au moins, me sera tout acquise. Je deviendrai l'ami intime de ce jeune couple et, s'ils y tiennent, le parrain de leur premier enfant. On ne saura se passer de moi et mes désirs seront des ordres. L'on ne pourra rien me refuser, pas même les moyens de doter le Languedoc-Roussillon du complexe industriel qui assurera la paix de mes vieux jours et me permettra, en attendant, de m'amuser un moment.

L'huissier introduisit le ministre.

« Je suis ravi de vous voir, dit Philippe, qui entre autres, avait appris à prononcer les mots qu'il faut. Voulez-vous boire quelque chose avec moi ? »

Il sonna sa secrétaire pour qu'on apporte le nécessaire. Santonel s'approcha de la fenêtre et considéra la cour de l'hôtel particulier.

« Ainsi, dit-il, vous vous êtes installé ici... Quelle drôle d'idée d'unir sa vie privée à son travail. N'est-ce pas fastidieux de passer de son bureau à son salon ?

— Ma vie privée est très simple, dit Philippe en se forçant à un sourire poli. J'ai résolu ainsi les transports qui font perdre du temps.

L'hôtel est très grand, vous savez. J'habite l'aile symétrique de celle où est installée l'agence, vous voyez. Le bâtiment central où nous sommes est réservé à la direction... Et puis, je n'avais plus envie de vivre à Neuilly. J'ai toujours trouvé cet endroit sinistre où j'ai, en plus, d'exécrables souvenirs...

— Comment va votre mère ? Je ne l'ai pas vue depuis un mois, dit Santonel d'un air contrit. J'ai été très bousculé, ces temps derniers...

— Bien, dit Philippe. Enfin, pas trop mal. Elle a suivi mon conseil et elle est partie en voyage. Je crois que c'était la meilleure chose à faire. »

La secrétaire apporta le plateau et Philippe servit à boire. Mais que lui voulait Santonel ? Le but de sa visite n'apparaissait toujours pas. Il avait l'air détendu, salonard, comme à l'accoutumée. Il fumait, l'œil mi-clos, avec sa manie exaspérante de garder la cendre sur sa cigarette le plus longtemps possible, en équilibre. Un jeu. Santonel avait toujours mis Philippe mal à son aise. Il ne l'aimait pas et, pourtant, ne pouvait s'empêcher d'éprouver de la curiosité pour ce bonhomme et même, oui, une certaine admiration, à son corps défendant.

Santonel bavardait, racontait un petit drame qui s'était produit la veille, au Conseil, lorsque le président avait interpellé vivement le ministre des PTT, qui en avait eu une attaque. Santonel décrivait la scène d'une manière si vivante, si drôle : l'affolement honteux du président, l'arrivée du médecin et les ricanements étouffés des autres ministres, que Philippe se détendit à son tour. Allons, Santonel faisait partie des meubles de son enfance et n'avait vraiment rien de redoutable. Acide peut-être, mais sûrement moins perfide que l'affirmait sa réputation. Un type seul qui cherchait à parler, à faire son numéro.

« Tiens, enchaîna Santonel en secouant, enfin, sa cendre, vous savez qui j'ai rencontré, l'autre soir ? Je vous le donne en mille, mon cher... José, la petite José, vous vous souvenez ? La jeune fille qui habitait chez vos parents... »

Le plan, décidément, était bon. Philippe Verraque, subitement, était devenu pâle, très pâle.

LILI BOUDARD n'avait plus que quatre mots triomphants à la bouche : « J'ai recasé ma grande. » Et puis elle baissait les yeux et se lissait les doigts avec un soupir qui en disait long sur son soulagement après tout le tintouin que José lui avait donné, depuis qu'elle était au monde, elle pouvait le dire, car, enfin, cette enfant avait été sa croix. Ce bébé endormi qui ne voulait pas manger, cette petite fille gringalette et insolente qui lui en avait fait voir de toutes les couleurs. Et pourtant, ce qu'on avait fait pour elle ! Vraiment, on n'avait rien à se reprocher... Les meilleurs pédiatres et même des psychologues, quand on ne savait plus à quel saint se vouer, quand les pensions la recrachaient avec des bulletins d'horreur. Elle se sauvait, elle brisait, elle disait les cinq lettres et pire.

Les psychologues, remarquez, Lili Boudard n'était pas pour. Mais c'était le médecin de famille qui les avait conseillés et, au point où on en était... Elle nous faisait de telles scènes à la maison. Quand je fermais les fenêtres

pour que les voisins n'entendent pas ses cris,
elle les rouvrait et hurlait : « Lâche ce couteau ! » d'une voix blanche. Vous vous rendez
compte ? Un jour, la police est venue... Mais
ce n'était rien encore. Lili avait eu vraiment
très peur, quand José avait atteint dix-onze
ans. Un jour, Lili trouve un cahier sous le lit
de José. Elle l'ouvre et qu'est-ce qu'elle lit ?...
« Je suis comme sainte Thérèse de Lisieux et le
Père de Foucauld... leurs parents étaient des
cons et ils étaient odieux étant petits... personne ne s'aperçoit que je suis sainte mais
ils vont drôlement s'en mordre les doigts
plus tard... on découpera toutes mes affaires
pour les coudre en petits bouts sur des images
de livres de messe... on distribuera même par
fragments le rond des cabinets où j'ai posé
mes fesses depuis dix ans : objets ayant touché
à la Sainte... Evidemment, je serai carmélite,
parce que c'est ce qu'il y a de plus dur. Je
dormirai sur des épingles en rigolant, j'aurai
du poil à gratter sous ma robe et quand je
mourrai tuberculeuse à vingt ans, mes pieds
sentiront les roses et les lis. Ou alors, ce sera
les lépreux, au fond de l'Afrique... » Suivaient
des pages exaltées adressées à Jésus qu'elle
appelait « mon amour chéri, tu es si blond,
si seul, etc. » Lili Boudard avait porté tout ça
à la psychologue, vite fait. Mme Boldo-Garette,
elle s'appelait, la psychologue. Elle était venue
à domicile, s'il vous plaît, pour faire trier des
petits bouts de bois de couleur à José. Des
méthodes modernes. Ça s'était très mal terminé. Au bout d'un quart d'heure, José lui

avait jeté son jeu de construction à la figure. Sylvain qui écoutait toujours aux portes avait même raconté que José lui avait demandé combien de temps elle allait continuer à la faire chier et il avait ajouté que la Boldo-Garette était partie en faisant kaï-kaï ! comme le chien de Lucky Lucke, après un coup de pied. Finalement, on en était revenu aux bonnes vieilles recettes : gardénal, paires de claques et bains de tilleul.

Lili passait sur ce qu'elle avait enduré par la suite ! José courait après des voyous, disparaissait pendant des heures. Elle avait même une très mauvaise influence sur Sylvain. Il suffisait qu'elle arrive pour qu'il devienne moins câlin avec sa mère.

Quand elle s'était mariée à dix-sept ans, Lili avait bien cru que son calvaire allait finir. Elle avait épousé un garçon charmant, travailleur, pondéré, ingénieur, mais, fichtre ! elle l'avait quitté on ne sait pas pourquoi. Le pauvre garçon en avait été malade. Le premier divorce qu'il y ait jamais eu dans la famille ! Et voyez comme c'est bête, elle avait été obligée de travailler... Enfin, la voilà recasée. Un jeune banquier. Le papa est mort mais la famille est très bien. Il l'adore et ne sait que faire pour la gâter : des meubles, des bijoux, des voitures, des voyages... Il faut voir comment elle est installée rue du Faubourg-Saint-Honoré ! On peut dire qu'elle a de la chance, vous savez... Enfin, espérons, espérons que cela va durer. Et elle attend un bébé pour avril. Cela va peut-être la stabiliser. Espérons. Là, vraiment, elle aura tout pour être heureuse.

Tout pour être heureuse, oui. Le bonheur à domicile, livré un soir par Philippe Verraque. José, seule chez elle, n'allait pas bien du tout. Les mots de Santonel, graines de désespoir, avaient germé en plantes vénéneuses : vie foutue, inutile, beauté fanante, télé imbécile, travail inutile, pourrait faire mieux, amour cassé, sottise et vide. Un soir à s'engager dans l'infanterie coloniale, mais pour les filles ce n'est même pas permis.

Et puis le coup de sonnette. Et puis Philippe, irréel après tant de mois, dans le contre-jour du palier. Philippe, sa tendresse, sa présence chaude, son absence de rancune, son épaule, ses doigts dans les cheveux de José, ses mots d'apaisement. Il lui avait fait prendre un cachet. Il l'avait couchée, bordée, en disant qu'il reviendrait le lendemain.

Il était revenu tous les jours, solide, égal, efficace. Il l'avait nourrie, promenée, guérie peu à peu et le chagrin de José s'était endormi.

L'obsession de l'autre, enfermé dans sa cellule, s'estompait. Il arrivait même à José de le détester à cause de son absence, qui lui semblait, tout à coup, comme une trahison. Ce type avait ouvert une porte en elle, qu'il avait oublié de refermer et un grand froid lui en était venu au cœur. Un petit malfaiteur et maladroit, de surcroît, voilà ce qu'il était.

Les absents et les vaincus ont toujours tort.

C'est Santonel qui avait parlé d'elle à Philippe et, grâce à lui, la vie avait rebondi. Grâce à Santonel, la lumière s'était faite et le bonheur. Elle allait se faire pardonner les mauvais jours d'Arcachon et répondre de son mieux à cette passion délicate, intelligente, que Philippe avait pour elle. Il le méritait vraiment.

Comme c'était bon de rendre, enfin, quelqu'un heureux. Philippe se réanimait comme un pruneau dans l'eau bouillante. C'était le bonheur, oui, à travers un Paris tiède de mai. Bonheur à Honfleur où ils avaient, pour la première fois depuis longtemps, dormi ensemble dans le même lit. Bonheur quand, en sortant de la mairie, rue de Grenelle, Philippe avait ameuté les passants en mettant un genou à terre pour la remercier d'être vraiment sa femme. Même Simone Verraque s'était mise de la partie, serrant José contre elle... « ma petite fille, ma petite fille, j'ai eu tellement de peine quand vous nous avez quittés ! » Bonheur, bonheur, bonheur. C'était donc aussi simple que cela ?

Et puis cet enfant qu'elle attendait, que Philippe et elle voyaient presque à travers la peau de son ventre. Un garçon évidemment à qui ils destinaient d'avance des jouets, un collège, des colères, un prénom.

C'est alors que les cauchemars avaient commencé. Toujours le même rêve ou à peu près : François Beaufils marchait devant elle sur la lande et elle pressait le pas pour le rejoindre. Mais plus elle se dépêchait, plus il allait vite. Et la distance, entre eux, grandissait. Et elle le

voyait disparaître, petit point à l'horizon. Et il
n'y avait plus rien que de grands oiseaux obli-
ques qui rayaient le ciel et plongeaient dans la
mer. José s'éveillait en larmes, suffoquée, hale-
tante, à cause de la course.

Elle ne racontait jamais ces rêves à Philippe,
bien sûr. Pourquoi le tourmenter inutilement ?
Elle inventait des histoires de montres, de
trains ratés. Philippe la calmait en lui expli-
quant que ces cauchemars prendraient fin, sans
doute après son accouchement. Mais François
Beaufils évincé, rejeté de sa mémoire en plein
jour, revenait à elle, la nuit, l'obligeant, pour
se venger, à ses premiers mensonges de femme
mariée.

Un jour, elle mit au monde une petite fille.
Une petite Philippe en réduction qui hurlait
sec et clair.

Et François cessa de courir sur la lande
dans les rêves de José. Il préféra, désormais,
l'assaillir en plein jour, tandis qu'elle berçait
son bébé ou lui donnait son biberon. L'enfant
avait des yeux bleu gris et, autour de ce regard,
le visage de Beaufils se reconstruisait tout à
coup, le temps d'une hallucination.

L'hôtel de la rue Saint-Honoré, qui avait été
installé sommairement par Philippe, connut
une vie nouvelle. Il y eut des dîners dans la
grande salle à manger tendue de velours prune
où des relents de peinture fraîche traînaient
encore. José, plus belle que jamais, y jouait les

hôtesses exquises, les jeunes femmes comblées, raffinées, souriantes. On faisait compliment d'elle à Philippe. Des revues sur papier glacé venaient la photographier, assise dans son salon, les chevilles sagement croisées au bas d'un canapé de daim. En quatre colonnes, on s'étonnait qu'elle fasse elle-même des tartes aux oignons dont on donnait la recette dans un coin de page. Et comment, elle n'avait pas pris de décorateur pour *réaliser* ce salon délicieux, disposer ces nègres-torchères de bois doré contre le bleu marine de l'entrée ? Et elle avait vraiment allaité sa fille pendant deux mois ?

On la voyait plongeant dans sa piscine de Saint-Nom-la-Bretèche. On la voyait, taillant des rosiers en salopette de Saint-Laurent, avec un sourire Hermès, ses petits doigts, mi-Cartier, mi-Zolotas enfouis dans le feuillage bien nourri d'un massif de « climbing Madame A. Meilland jaune liséré carmin, remontantes à grandes fleurs ». José, elle-même, avait de la difficulté à se reconnaître.

Consolée, réchauffée, elle voyait accourir une foule d'amis et d'amies, resurgis de l'oubli. Il en venait des pensions d'autrefois. Elle voyait même réapparaître des gens qu'elle avait connus quand elle était mariée avec Alain Joullay, « des amis de mon premier lit », disait-elle et qui s'étaient évanouis, sous forme de couples, du moins.

« Invitons-les, disait Philippe, conciliant.

— Jamais de la vie !

— Mais pourquoi ?

— Parce que ce sont de traîtres cancrelats qui ne le méritent pas, répondait José. J'en connais que j'aimais, que je recevais chez moi, que j'abreuvais, que je nourrissais et, subitement, plus personne. Pourquoi ? Parce que j'étais seule. Beaucoup n'ont pas cherché à savoir ce que j'étais devenue. Si j'étais triste, malheureuse, si je crevais de faim ou d'ennui. Les femmes surtout. Les maris, c'est autre chose. Quelques-uns m'ont invitée à déjeuner ou à baiser entre deux et quatre, soudain hardis en face de cette femme seule que j'étais. Pendant trois ans, ils m'ont sortie en catimini, pendant que leurs bobonnes trempaient à La Baule ou rôtissaient à Agadir. Je les trouvais embusqués à la porte de chez Ladurie. Mais jamais plus on ne m'invitait officiellement, parce qu'un couple ne cherche pas ou rarement à voir une femme seule. A moins d'avoir envie de se la taper en famille pour corser un peu l'ennuyeuse gymnastique conjugale. Les femmes légitimes détestent ces « échappées », bonnes à prendre, qu'elles jalousent pour leur indépendance et redoutent à la fois. Une femme seule est une tentation. Et si elle a des amants, c'est délicat aussi, à cause des enfants. Une liaison solide, passe encore, mais des amants ! Les enfants se posent des questions, forcément, en face de cette dame qui n'a jamais le même mari et qui a l'air tellement plus gaie et plus gentille que maman qui, elle, fait durer le sien depuis vingt ans ! Ça leur met de fausses idées dans la tête. Ils sont capables, après, de se demander si le mariage n'est pas... Note que cela m'était égal. Je n'avais pas de regret pour les détestables pitances qui sont trop souvent le lot des dîners officiels, ni pour les conversations à mourir d'ennui qui les assortissent. J'éprouvais même un plaisir sadique à faire filer l'argent de ces minables en déjeuners somptueux qui devaient faire de sérieux trous dans les budgets conjugaux. Et puis j'en apprenais de bonnes car ces exquis maris, qui ne m'accordaient prudemment que leur numéro de téléphone au bureau, n'ont même pas la pudeur de taire les détails sordides de ce dont ils se contentent officiellement, depuis l'épouse qui refuse de faire des pipes jusqu'à celle qui se tape le plombier, en passant par toutes les névrosées qui exigent des trempes, qui pleurnichent, qui bavent, qui hurlent, qui cassent, qui dénoncent leurs copines au téléphone et se livrent à toutes sortes de chantage. Tous ces gens, je les ai rayés de ma vie. »

Didi Landermann, c'était différent. Didi Landermann, née Elodie de la Rochepot, avait sauté au cœur de José, au cours d'un dîner très ennuyeux dans lequel, vraiment, elle se morfondait malgré tous les efforts de Philippe pour mettre de l'exotisme sur les personnages de l'assemblée. Elodie de la Rochepot, dite

Didi, selon la coutume des grandes familles qui tentent de se faire pardonner les charnières de leurs noms en popularisant leurs prénoms par des diminutifs rassurants, Didi était une immense jeune femme à visage de petite fille planté au sommet d'un long, long corps qui évoquait celui d'Alice au pays des Merveilles. Une Alice qui, après avoir bu la fiole-magique-qui-fait-grandir, aurait oublié de croquer le gâteau merveilleux pour retrouver sa taille normale.

Didi Landermann était la troisième des douze enfants d'une famille d'autonomistes bretons. Elle était née dans un manoir sinistre du Finistère, d'une mère très intelligente et d'un père idiot. Ils avaient eu environ quatre enfants vraiment intelligents sur douze. Didi était l'un d'eux. C'est pourquoi on avait vendu l'une des terres familiales pour assumer les frais de son éducation à l'université catholique de Dublin, car il n'était pas question de l'envoyer en France et son père se méfiait même des collèges de Quimper et de Rennes, en Bretagne.

Etait-ce l'air irlandais ou le vieux sang chouan qui coulait dans ses veines : on s'interrogea longtemps sur la raison véritable qui poussa Didi à la révolte, le mot n'est pas trop fort, quand elle décida, à dix-huit ans : 1) d'aller faire une licence de lettres à Paris, ville maudite entre toutes ; 2) de cesser toute pratique religieuse et 3) de navrer sa famille en tombant

amoureuse puis en épousant *civilement* un
écrivaillon jacobin, roux, juif, bègue, divorcé
et qui ne lui arrivait même pas à l'épaule. Bref,
ce Jean Landermann devint l'incarnation du
diable pour les La Rochepot. Il valut, en tout
cas, à Didi d'être définitivement rejetée des
siens, à l'exception de sa mère qui osa mur-
murer entre haut et bas... « qu'après tout,
entre Landerneau et Landermann, il n'y avait
qu'une syllabe de différence, ce qui ne justi-
fiait pas tant d'histoires. »

Didi changea de château, troqua le vieux
La Rochepot contre une gentilhommière de la
vallée de Chevreuse que son mari avait achetée
avec des bénéfices réalisés en montant des
spectacles érotiques. Les murs de la Gitanière,
élevés vers 1920 par un Américain millionnaire
et nostalgique, n'avaient pas le chic fruste des
pierres grises de La Rochepot, mais Didi, vé-
ritablement possédée par son écrivain roux,
avait fait bonne figure à tous ses efforts de
reconstitution. Le gauchiste, saisi par le goût
du passé, s'était fait livrer des poutres authen-
tiquement rongées par les vers tourangeaux,
des ferrures Renaissance et il entraînait sa
femme à Saint-Ouen, le samedi matin, pour
acheter des ancêtres d'occasion que Didi adop-
tait avec bonne humeur, en remplacement de
tous ses vieux La Rochepot à elle, qui l'avaient
boutée hors de leur lignée.

Quelque chose, donc, s'était passé, quand
les yeux gris de Didi Landermann avaient
croisé ceux de José, par-dessus la table. Un
arrêt, un éclair, une reconnaissance, un sou-

rire. L'ange de l'amitié avait volé par-dessus les têtes et chacune d'entre elles s'était sentie réconfortée par la présence de l'autre. Un rire scella la connivence et c'est à ce moment précis qu'un vieil exemple de grammaire latine était revenu à la mémoire de José : « Deux augures ne peuvent se regarder sans rire. » Il faudrait qu'elle raconte cela, un jour, à Didi. Les deux augures debout, devant la table des sacrifices, entourés d'une foule de Romains abrutis. Et voilà qu'ils se mettent gravement à tripatouiller les entrailles des poulets, à éventrer les tripes de l'avenir et du destin, tandis que les Romains attendent la sentence, haletants. Et voici que, tout à coup, les deux augures se regardent, comme elle et Didi tout à l'heure, et se mordent les lèvres contre le fou rire, parce que chacun sait d'avance ce que l'autre va dire aux Romains abrutis.

José, donc, aima tout de suite la voix brève, un peu bousculée de Didi, son insolence de timide, les longues foulées de sa démarche et son joli visage planté sur le haut cou. Didi, elle, reconnut immédiatement une sorte de cousine en cette rousse dont l'aspect civilisé laissait pourtant entrevoir des élans d'une sauvagerie bien réconfortante dans ce monde tiède qui leur allait si mal.

Elles se virent très souvent. Elles nagèrent ensemble. Elles échangèrent des livres. Elles partagèrent des huîtres et des vins mais elles ne se tutoyèrent jamais. Ainsi font les augures exilés parmi les Romains abrutis.

DES tas de saisons tranquilles étaient tombées les unes sur les autres. Des janviers arides, des mars mous, des septembres bouleversants d'odeurs. Il y avait eu des pluies, des neiges, des soleils et des ombres. Des matins sur des mers mauves et des cinq heures dorées sur les Tuileries. Des avions, des bateaux, des pêches aux bouquets dans les flaques bleues de Bretagne. Des fêtes aussi. Des arbres de Noël gratinés auxquels il ne manquait pas une bougie. Des anniversaires aux candélabres, avec des cadeaux qui viennent du cœur. Des œufs de Pâques cachés dans les massifs de Saint-Nom.

Bonne volonté du bonheur, de l'ordre, de la paix. José avait vraiment fait ce qu'il fallait pour cela : toutes les entreprises des femmes sereines et bienveillantes. Tendre épouse pour Philippe, pas trompeuse pour un sou, on pouvait chercher. Au point qu'on s'était demandé si elle n'avait pas des mœurs curieuses avec cette Didi Landermann. Et bonne mère en plus. Une fille et un garçon en trois ans : le choix du roi. Elle les embrassait tous les soirs

dans leurs lits et leur racontait la Bête Fara-
mine qui avale l'eau des baignoires ou la Bête
Mahousse âgée de deux mille ans qui descend
la Seine vers la mer en emportant un petit
garçon sur son dos.

Et puis un jour, au coin de la rue Saint-Florentin, une main, la main, *sa* main qui lui
tombe sur l'épaule. Sa main reconnue avant
même de l'apercevoir. Une chaleur spéciale,
une commotion. Bousculée la vie parfaite !
Et l'ordre ! Et toute cette belle construction.

« Joséphine, enfin ! »

Et voilà que son sang se précipite vers ses
genoux. Elle se refroidit peu à peu. Elle tremble. C'est ce qui doit arriver quand on voit un
fantôme... C'est vrai qu'elle avait fini par le
croire mort. Qu'elle l'avait désiré même, peut-
être, depuis des mois et des mois, parce que,
ainsi, tout serait devenu simple. Parce qu'un
souvenir est tout de même plus léger qu'un
remords. Parce qu'on ne peut pas vivre, n'est-
ce pas, si l'homme qu'on aime est enfermé
derrière des barreaux ? Et qu'il y a forcément
des accommodements possibles avec le chagrin, n'est-ce pas ? Donc, il vaut mieux qu'il
soit mort, n'est-il pas vrai ?

Mais le mort la tient par les épaules et rit et
la serre contre lui et l'éloigne à bout de bras
pour mieux la regarder et reprendre possession d'elle. Comme si ce n'était pas déjà fait !
Il a les joues plus creuses, le teint plus pâle,
les tempes plus âgées mais ses yeux sont les
mêmes et sa bouche et la pression de ses doigts
contre son cou. Et le mort lui dit qu'elle est

belle, là, en plein carrefour, en plein après-
midi d'octobre. Et il approche ses doigts de
son visage, l'effleure, comme si c'était elle,
l'apparition. Les doigts de Beaufils ont la précaution des doigts d'aveugle. Les prisonniers
sont des aveugles qui cherchent devant eux les
visages aimés et les caressent dans le vide.
Et le bras du mort se glisse autour d'elle.
Il l'emporte comme dans le matin de Nice.
C'est bien ainsi. C'est très bien. Il entre
avec elle dans un bureau de tabac et commande de l'alcool pour la réchauffer, elle, la
vivante.

« François...

— Je suis là. Il y a trois jours que je te
cherche. Tu vois, je te trouve toujours. Excuse-
moi pour Orly... »

Il faut qu'elle lui dise tout de suite ce qu'elle
a fait, ce deuil de lui qu'elle a pris, la trahison,
l'oubli, le plus vite possible, tant pis pour ce
qui va se passer... Il va se lever, peut-être, et
partir immédiatement. Ou bien il va la tuer,
là, au-dessus de son verre. Tant pis. Elle va lui
dire tout.

« Ecoute... Je suis mariée, François. J'ai deux
enfants... »

Elle ferme les yeux, attend le coup, l'explo-
sion.

« Mais bien sûr, dit-il, bien sûr, madame Verraque. Je te félicite !

— Ne te moque pas de moi, s'il te plaît.

— Je ne me moque pas, dit-il. Je ne pouvais
pas m'occuper de toi, pendant toutes ces
années. Tu t'es débrouillée autrement et c'est

très bien. Tu m'aurais déçu en ne le faisant pas. Ton mari est riche, n'est-ce pas ?

— Oui, mais maintenant c'est fini, dit José. Tu es là et je ne veux plus rentrer chez moi. Emmène-moi. Tu es libre ? Allons-nous-en...

— Tu es complètement folle, dit Beaufils. Je sors de cabane, tu sais ce que cela veut dire ? Il va me falloir des mois avant de me remettre à flot. Et tu voudrais qu'on s'en aille, comme ça, n'importe comment, n'importe où ?

— Oui, dit José, n'importe où. N'importe comment.

— En quittant tes enfants ? »

C'était donc cela qu'il avait voulu : cette punition subtile, sans violence, cette torture raffinée. La mettre un peu en face de ce qu'elle était réellement : une femme capable d'oublier ses enfants, parce qu'un homme lui pose la main sur l'épaule ? Eh bien, oui, elle les avait oubliés. Ses propres enfants. Est-ce qu'il était satisfait, maintenant, de lui avoir ainsi prouvé qu'elle était un monstre, une misérable petite salope ?

« Ecoute, dit-il soudain pressé, je me fous de ton mari et de tes enfants... Ils ne sont pour moi que des incidents qui ne me concernent pas. J'ai eu le temps en quatre ans d'imaginer tout ce que tu pouvais faire et, crois-moi, tu as choisi la meilleure solution parmi toutes celles qui me sont passées par la tête ! Tout est bien ainsi, tu m'entends ? Tu es mariée, tu es peinarde et tu vas le rester. Moi, je vais me débrouiller de mon côté.

— Je ne te verrai plus ?

— Qui a parlé de ça ? Pourquoi crois-tu que je tourne depuis trois jours dans ce putain de quartier ? Pourquoi crois-tu que je suis là avec toi ? Tu n'as pas encore compris que je t'aime ?

— Mais je ne peux pas vivre avec toi et...

— Il va bien pourtant falloir le faire, ma jolie, du moins quelque temps. Je suis sur une branche pourrie, la tienne est sûre. Il faut toujours que l'un de nous deux soit en équilibre. Donc, tu ne vas pas bouger. Pas pour l'instant. »

« Pé-rio-de-heu-reu-se-pour-le-foyer-et-la-défen-se
-de-votre-i-déal. La-chance-vous-accom-pagne-fi-
dè-le-ment... C'est vrai. Les Bélier ont de la
chance... Bon-ne-enten-te-a-vec-le-Lion... C'est
vrai que j'm'entends bien avec Madame ! D'ailleurs, elle aurait été Poisson ou Cancer, j'aurais pas venue. Ça l'a surprise mais quand elle
m'a demandé mes certificats et tout, moi j'ui
ai demandé sa date de naissance. Ça l'a fait
rire mais c'était un point que je plaisantais
pas... Je lui aurais dit tout net : faut m'excuser mais moi, le Cancer, les Poissons, c'est pas
bon pour moi... Madame elle y croit pas. Qu'elle
dit ! Parce que des fois, elle s'amène mine
de rien, pendant que je fais le salon et elle me
dit : alors, Juliette, qu'est-ce qu'il y a pour le
Lion, aujourd'hui ?... D'ailleurs, elle ferait pas
mal de faire attention, en ce moment ! Ça
bouge pour les Lion ! Et y disent dans *Cœur et
Astre*, que ça va être comme ça tout le mois de
mai !... Moi, Bélier, je crains rien. M. Philippe
qu'est Verseau, non plus. Quant à ma petite
Balance et à mon petit Capricorne, du moment

qu'y zont leur purée et leur jus d'orange, ceux-là y demandent rien de plus !

« Pour en revenir à Madame, on ne m'ôtera pas de l'idée qu'elle a quelque chose qui tourne pas rond. Et ça l'a prise à la rentrée. Tiens, c'est pas compliqué, juste quand y zont commencé à ravaler en face, que je chahutais avec René au tabac, qu'y voulait m'faire monter sur l'échafaudage, non mais ça va pas, des fois ! Tiens, le samedi que je rentrais, Madame me fait comme ça : ma petite Juliette, j'ai un service à vous demander. Je me sens pas bien. Est-ce que vous pourriez me garder les enfants, demain, je voudrais partir à la campagne, me reposer jusqu'à mardi. M. Philippe était à Bruxelles pour la semaine. Bien sûr je lui ai gardé ses enfants. Je refuse jamais rien aux Lion, exemple : Lucien ! Elle a passé deux heures à prendre son bain, je le sais puisque c'est moi qui la frotte dans le dos, à se mettre du parfum dans le creux des genoux et sous le menton, à croire qu'elle voulait abattre les odeurs de la campagne. Elle est partie toute gambillante dans sa petite auto bleue et le mardi, voilà qu'elle me revient ravagée. J'ai cru qu'elle avait attrapé quelque chose. Elle a pris un bouillon de légumes et au lit. La campagne, c'est malsain. Surtout, quand le fond de l'air est humide, comme ça.

« Bon. Et depuis, elle a toujours été drôle. Des fois, elle rigole, des fois elle s'enferme ou elle me cause sec comme si j'y avais vendu des haricots qui voulaient pas cuire... Un jour je l'ai trouvée qui pleurait à seaux dans sa chambre : une vraie gamine morveuse. Je rentrais du marché, j'ai cru qu'il était arrivé quelque chose aux enfants. Eh ben non, c'était pour rien ! On m'ôtera pas de l'idée que cette femme-là, elle est minée. Elle a quelque chose. Même M. Philippe, y s'est aperçu du changement. Et lui, on peut pas dire, il est en or, avec elle. Des fleurs par-ci, des bagues par-là, y sait pas quoi faire. Ça, on peut pas dire qu'il y a du suif dans le ménage. Toujours à se mignoter tous les deux. Même qu'hier, que Madame avait ses humeurs, M. Philippe, il l'a chargée à bras jusqu'en haut de l'escalier, qu'elle a pas pu s'empêcher de rire en arrivant en haut... C'est pas mon fumier à moi qui m'aurait fait des trucs comme ça, après trois ans de mariage... Enfin, faut laisser dormir les morts, des fois qu'y s'réveilleraient...

« Vous me direz que je me mêle de ce qui me regarde pas, mais je trouve qu'elle devrait voir un médecin ou quelqu'un, Ménie Grégoire, tiens. Elle est bien cette femme-là. Toujours le mot pour arranger les coups. Je l'écoute quand les petits font la sieste. J'aime bien. L'après-midi, ma cuisine rincée, hop, j'ouvre Ménie. Tout ce malheur qui coule du poste, ça me fait du bien. J'suis pas méchante, pourtant, j'suis pas Gémeaux, attention, mais je me sens bien d'être sans tracas, quand j'entends tout ça... Faudrait que je l'appelle peut-être pour lui dire comme ça : « Madame Ménie, y'a ma « patronne, elle est pas bien... Elle part brus- « quement et elle revient avec les yeux gonflés. « Elle va se promener la nuit, je l'entends de

« ma chambre et chaque fois qu'elle va passer
« deux, trois jours chez Mme Landermann, elle
« desserre pas les dents pendant des heures, en
« rentrant... Pourtant, avant, elle était gaie et
« tout... Y'a des gens, des fois, y racontent des
« trucs qu'on se demande où y vont les cher-
« cher... Des femmes qui trouvent que leurs
« maris sont pas à la hauteur, les font pas
« jouir, ni rien. Faut pas manquer d'air pour
« causer comme ça au poste. Je m'vois pas ra-
« conter c'qu'y m'fait ou c'qu'y m'fait pas, Lu-
« cien !... Mais Ménie, ça la bile pas. « Parfaite-
« ment, elle répond, vous avez droit au plaisir,
« chère madame ! »

« Notez qu'y a pas que la rigolade. L'autre
jour, une gamine, elle appelle Ménie, rapport
qu'à douze ans elle était toute seule pendant
les vacances avec ses cinq petits frères et
sœurs, que sa mère était en clinique pour faire
le septième et que le père soûl y coursait la
gamine, toujours à y relever ses jupes, qu'y
disait comme ça que si elle voulait pas, il allait
se suicider devant elle avec un couteau de
cuisine. La gamine, elle demandait à Ménie si
elle devait laisser son papa fouiller dans sa
culotte, qu'elle avait peur qu'y se tue parce
qu'y rapportait quand même un peu d'argent,
que sa mère pouvait pas travailler rapport à sa
santé et qu'elle avait encore plus peur de rester
seule avec les petits... Ménie, elle a pris sa voix
pour enfants — elle cause pas pareil pour les
grandes personnes. Pour les enfants ça devient
miel et compagnie — ... « Chère petite, elle lui
« a dit, allons, allons... votre papa n'est sans

« doute pas si méchant... Allons, allons... Sou-
« vent, quand on est une petite fille, l'imagina-
« tion galope, voyez-vous... Votre papa a sans
« doute besoin d'affection : il cherche un petit
« câlin — Et si j'm'e'r'trouve en cloque, moi
« aussi ? elle disait la petite — Faites-lui com-
« prendre gentiment que ce n'est pas bien, di-
« sait Ménie... — Mais y m'fout des torgno-
« les... — Allons, allons, ma petite fille, c'est le
« fossé des générations, voyez-vous... Quand
« vous serez grande, vous comprendrez tout
« cela... Bon courage, mon petit ! Au revoir,
« mon petit ! Je vous embrasse. »

« Faudrait que j'y dise, pour Madame. En
plus, je me demande si elle a pas une maladie
ou quelque chose. L'autre jour, je la frotte
dans son bain et qu'est-ce que je vois ?
Madame, elle avait les mains toutes marron.
Comme bronzées. Et ça s'arrêtait net, aux poignets... »

« Tu n'as pas froid à tes mains ?

— Comment ?

— ... froid... mains ?

— Non, ça va.

— Pas fatiguée ?

— Pardon ?

— ... fatiguée ?

— Non... Je ne t'entends pas avec ce casque. Parle plus fort... Je dis : parle-plus-fort...

— Tu n'as pas eu peur, tout à l'heure ?

— Non.

— Tu veux que je roule moins vite ?

— Non.

— Alors, baisse-toi bien sur moi. On donnera moins de prise au vent. »

Un coup de poignet et la moto hurle d'impatience, bloquée au feu rouge de Longjumeau, entre deux voitures. Derrière les vitres de celle de droite, un couple regarde la moto et ses deux chevaliers, le grand et le petit, aux yeux dissimulés sous des casques blancs, bombés, aux regards embusqués sous les voyants de mica vert.

Le conducteur de la voiture baisse les yeux et son regard coule le long de la grosse Honda. Les chromes étincelants des longs pots d'échappement luisent au soleil et lui font de l'œil. Il enveloppe la machine et les deux chevaliers d'une attention nostalgique, presque caressante. Il va ce regard, des deux cadrans accolés à l'avant, juste au-dessus du phare, aux quatre cylindres d'acier poli, sous le réservoir vert foncé, doucement incurvé, prolongé par la selle longue où les chevaliers sont assis, imbriqués l'un dans l'autre, par les genoux et les cuisses. Le plus grand des deux a posé à terre un pied botté, pour soutenir l'ensemble.

Et le regard de l'homme se détourne lourdement, derrière la vitre de la DS. Ses lèvres bougent. Il doit dire à sa femme assise près de lui que c'est vraiment là une belle machine et qu'il a eu une moto, lui aussi, quand il avait vingt-cinq ans. Il a dû ajouter que pour un peu, dis donc, je m'en rachèterais bien une, car la femme a haussé les épaules.

Feu vert. La moto s'arrache. D'un coup de reins, elle se dégage des voitures. Les régimes montent en un beau bruit rond bien huilé. La moto bondit, joue avec des obstacles roulants qu'elle évite au dernier moment, contourne et dépasse en courbes, en Z. Elle se faufile. C'est un drôle de ménage à trois que la lame du vent porte à l'assaut de l'horizon. Un centaure à deux têtes dont la fumée laisse un goût d'adieu au bord des blés pâles.

Le petit chevalier risque un œil par-dessus l'épaule de son compagnon, sur l'un des

cadrans où l'aiguille monte : 120, 130, 140...
Et voilà que les blés, les bois, la route, le ciel se
mélangent en traînées de couleurs. Encore !
Encore, s'il vous plaît ! La route est nue,
maintenant, 150, 160, 170, et l'acier tremble
entre les cuisses. Les corps s'amenuisent,
amoindris, effilés par la coupure du vent sur
les flancs. Le petit chevalier a fermé les yeux
pour mieux s'exhorter à la confiance. Il n'y
a plus rien à faire, à présent. Il importe seulement d'être la docilité même, par les muscles
et par l'esprit. Une seule pensée de travers suffirait à faire décoller l'animal jusqu'aux étoiles.
On va bien voir. On va bien voir si l'on arrive
au bout de ce tout petit monde. Les bustes
s'écrasent, les corps s'allongent jusqu'à l'extré-
mité de la selle. Il y a, tout à coup, le même
sourire sous les deux casques. Les bras du petit
chevalier se sont resserrés autour de la taille
de l'autre qui s'étend imperceptiblement. Précaution ? Connivence ? Qui vivra le dira. L'aiguille à présent tremblote entre 180 et 190,
attaque le 1, le 9, le 0 et repart soudain
vers la gauche, libérée. Un village approche.
L'aiguille descend et le ralentissement restitue
au vent les parfums de la vie : feu de bois,
paille chaude, herbe mouillée.

Ils s'en allaient ainsi, parfois, jusqu'à Etam-
pes qui est la ville la plus triste du monde, où
la tour des églises penche d'ennui et s'en revenaient par des chemins de cressonnière. Mais

José rêvait d'une ligne droite qui ferait buter l'aiguille jusqu'au bas du cadran, d'une distraction de Beaufils, d'un vertige de vent semblable à celui qui rend fou les plongeurs et les emporterait jusqu'à Toulouse et, plus loin, jusqu'à nulle part.

PAPA et maman côte à côte, les anciens dessous, les enfants par-dessus : c'est dans les caveaux qu'on trouve les familles unies. Là, dans les agglomérats solides, repose la preuve rassurante de l'équilibre et de la pérennité. C'est pourquoi la fréquentation des cimetières est tellement apaisante pour les âmes troublées. Rien de tel qu'un bon footing entre deux rangs de concessions pour se réchauffer.

Voici José dans le jardin de Montparnasse où sont les morts les plus gais de Paris et les vivants les plus innocents : des hippies qui bronzent, des enfants qui patinent, des mères qui tricotent, des amants collés par l'amour et le goût de la mort, à l'ombre des chapelles. Elle va, elle va parmi les colonnes tronquées de jeunes tuberculeux oubliés et les mausolées compliqués où gisent toutes sortes d'indispensables à la Patrie, à la Finance, à l'Art. Elle tourne au coin d'un mort-au-champ-d'honneur, dont la pluie a lavé le portrait ovale. Il a les yeux clairs et le visage inoffensif de ceux qui n'ont pas de chance : le sourire de la Joconde sous un képi de fantassin. Pas de chance et une famille avare qui a lésiné sur la gravure du mot *chevalier*. Résultat, le pauvre Pas-de-Chance se déclare : CHier, de la Légion d'honneur. Et sûrement personne n'a ri, le jour de son enterrement, quand on l'a recouvert de son abréviation.

José avance jusqu'au vieux moulin des jésuites, figé au fond du jardin. Elle prend par le chemin des tombes enfantines amarrées comme des youyous aux embarcations tarabiscotées des grandes personnes et traverse l'angle froid du carré des Juifs qui, là comme ailleurs, semblent avoir trouvé quelque difficulté à se faire une place au soleil.

On rencontre toutes sortes de gens dans ce jardin. Des cadavres corrects qui prennent la mort au sérieux, bien bordés de granit, bien gravés à l'or fin, bien fleuris au plastique et d'autres qui feraient honte à Lili Boudard. Des brouillons, des poètes, des agités. Le genre de personnes qui se retournent dans leur sommeil, rêvent qu'elles sont vivantes et s'éveillent en sanglotant, la tête sous l'oreiller. Résultat : des dalles basculées, des croix abattues, des couronnes froissées.

Il est quatre heures et des papiers de chocolat s'envolent dans les allées. José va, elle ne sait pas où. Il y a des jours où l'on tourne, où l'on rôde. Où l'on s'échappe en rond dans un monde tout petit. Il y a des jours où l'on cherche une main.

« ... Un jour, il y a longtemps, tu as tenu ma main tout un après-midi, parce que j'étais

malade. Parce que j'avais sept ans. Parce que
tu étais mon père et parce que ta femme m'em-
merdait tellement avec ses sirops que j'avais
décidé de me lever et d'aller me promener,
pour lui échapper une bonne fois. J'avais déjà
enfilé mon manteau, par-dessus mon pyjama.

« On t'a appelé d'urgence à ton bureau et tu
n'as pas mis dix minutes à apparaître. Moi,
pattes grêles, je tremblais de fièvre et de
colère devant la porte d'entrée que ta femme
avait fermée à clef. Sa manie des clefs ! C'est
elle qui m'a donné cette phobie des portes
closes. Cœur fermé, elle bouclait jusqu'à la
porte de ses chiottes personnelles pour que
d'autres derrières ne viennent pas se poser sur
son rond. C'est elle qui m'a donné le goût de
l'effraction et du crochetage... »

Il y a des jours où l'on déconne dans les
cimetières.

« ... Tu es entré, tu m'as regardée et tu m'as
emportée dans tes bras, sans un mot, jusqu'à
mon lit. Souviens-toi comme je me suis bien
laissée faire, sans mordre, sans brailler, toute
répandue dans tes bras, à travers l'escalier.
Le regard que tu as jeté à Lili, en passant,
lui a fait tourner les talons. Il y a des enfants
dont l'avenir est gravement bouleversé, quand
leurs parents ne divorcent pas.

« ... Tu m'as déshabillée et tu m'as recou-
chée. On t'attendait au loin dans Paris. Des
hommes en rond, dans un bureau, qui devaient
tapoter leurs dossiers avec un crayon, en espé-
rant le président, mobilisé par une petite fille
insupportable, au bord de la fugue. Pourtant,

pas une femme au monde ne t'aurait fait déserter une conférence. Pas même la tienne.

« ... Toi, dont on redoutait les colères un peu
partout, toi dont l'impatience était légendaire,
tu t'es assis près de mon lit et tu as tenu ma
main, jusqu'à la tombée de la nuit.

« ... Je brûlais dans mes draps, je voyais double et les pastilles roses, bleues, du papier de
ma chambre devenaient agressives et me fon-
çaient entre les yeux. Alors, je serrais ta main
et je m'endormais, le temps de rêver que tu
la dégageais, cette main, pour te sauver à la
faveur de mon sommeil. Et je me réveillais en
criant d'angoisse, de rage, d'amour cassé, mais
ta main dans la mienne n'avait pas bougé et tu
m'essuyais le front du coin du drap...

« ... Plus tard, quand on t'a ramassé dans
l'escalier, j'ai refusé de te voir, de t'embrasser,
comme l'autre idiote me poussait à le faire.
Je ne voulais pas *savoir* que ta main était
froide. Ta main depuis quinze ans dispersée,
séchée, égrenée, phalangines et phalangettes... »

Il y a même des jours où l'on pleure dans les
cimetières. Forcément, c'est un champ d'alibis.
Personne ne peut s'en étonner !

Désordre et brouillasse, mensonge, planque
et peur. Il ne faut pas être feignante pour être
à la fois femme de banquier et femme de gang-
ster. Pour vivre un pied dans une sphère
douillette et l'autre dans une planète on ne
peut plus trouble. Imaginez l'aiguille d'un
aimant qui voudrait le nord et que le nord
pousserait vers le sud. Il faut du sang-froid,
des perruques et des lunettes noires.

Les rues innocentes, les restaurants naguère sans malice sont devenus des traquenards. On connaît toutes les sorties de service, les immeubles qui ouvrent sur deux rues, les hôtels aux volets clos. Et savoir éviter les bavards, les curieux, les dénonciateurs. Réagir promptement quand on croise cette punaise de Christine Martin, langue de pute s'il en fut, qui serait tellement contente de raconter qu'elle a vu, de ses yeux vu, José Verraque, rue de Ponthieu, avec un homme qui n'était pas Philippe. Un grand blond qui avait passé son bras autour d'elle et lui claquait l'élastique de sa culotte, en marchant, comme ça, d'une main tranquille. Heureusement, elle est myope comme une taupe. Elle n'a rien vu.

On écoute, on veille, on sursaute, quand le téléphone sonne deux fois, ce qui signifie : « Je suis au coin de la rue Saint-Florentin et je t'attends. » Alors, on file, sous un prétexte ou sans prétexte. On abandonne les dîners aux entremets et on laisse les conversations en plan.

On appelle Didi Landermann qui, par amitié, est capable de vous aider à transporter un corps, sans poser de questions. A plus forte raison de répondre sobrement : « Ah ! très bien ! » quand on la prévient qu'on a dîné avec elle, la veille au soir, ou qu'on l'a retrouvée au tennis deux fois dans la semaine.

Le matin on ouvre le journal en tremblant, quand Juliette l'apporte au petit déjeuner. On feuillette, on parcourt les faits divers, on redoute une photo, un titre fracassant, une révélation sordide car, évidemment, on ne sait rien. Presque rien.

Il arrive qu'on se sauve en pleine nuit, échappée des draps centimètre par centimètre, le pied par terre, puis le genou dehors pour ne pas éveiller son mari. On s'habille dans le noir. On descend l'escalier en posant le pied le long du mur, là où les marches ne craquent pas. On a appris à ouvrir une porte et à la refermer dans un léger bruit étouffé. On file en reine des faux-jetons, là-bas où la camionnette attend tous feux éteints, avec les caisses à transporter. Des caisses de quoi, d'abord ? Sans intérêt que tu le saches, a dit Beaufils. Prête-moi la clef de ta maison de campagne. Les caisses n'y resteront que trois jours, je te le promets. Et la camionnette entre dans Saint-Nom, juste avant l'aurore, glisse entre les maisons endormies, ronronne doucement dans l'allée de chênes rouges, stoppe derrière les seringas. La nuit est chaude mais les dents claquent d'énervement, de panique. Si chien aboyait ? Si quelqu'un survenait ? Alors on se dit pour se rassurer que le pays est presque désert pendant la semaine. Qu'il n'y a pas de raison pour que...

On rêve de retomber dans une vie exemplaire, unique. Petites joies calmes, petits chagrins, vie quotidienne, vacances, week-ends, bons amis, changer la moquette, les parents d'élève, une chemise bleue pour Philippe, trois cheveux gris dans le brun de ses tempes, pas de nouvelles bonnes nouvelles, partir avant la ruée sur l'autoroute, les vaccins d'Alice et la

patinette de Benjamin, l'odeur mortelle, dou-
cereuse des pêches au marché mêlée aux gaie-
tés de l'estragon, le drug-store le dimanche
matin où les Anglais de Paris foncent comme
des bulldozers nostalgiques, à la pêche de
l'*Observer* et du *Sunday Times*, pour s'assurer
qu'Elizabeth n'a pas éclaté sous ses chapeaux
à fleurs.

Un orage couve quelque part. Un orage gon-
fle, monte, menace. Il faudrait un miracle pour
l'éviter... Le miracle, disent-ils, c'est ce qui
échappe à la raison. Mais peu en réchappent
car cette vieille fée salope, armée de psycho-
mètres et d'ordinateurs, traque le miracle dans
tous les coins et c'est la débandade. Le miracle
se cache. Le miracle s'amoindrit, se décime. Il
lui faudrait une réserve, un musée. Les pivoines
ne jaillissent plus des champs de neige, là où
deux enfants fiévreux se sont embrassés. Les
baguettes magiques sont cassées et les fontai-
nes ne coulent plus pour laver le sang des innocents. Les boiteux préfèrent boiter, pension-
nés par la Sécu, et les jeunes filles un peu trop
vierges qui gardent des troupeaux dans les
montagnes n'entendent plus chanter les anges.
Pour le blanc pur, cherchez l'enzyme. Faute
de marcher sur les eaux, on marche sur la
lune, ce qui n'a rien de miraculeux, attention !
La preuve : les témoignages des transportés.
Les propos qui tombent des capsules spatia-
les, les bavardages qui nous parviennent de
la mer de la Sérénité n'ont rien à voir avec
les sept chandeliers d'or, les cuirasses couleur de feu et les chevaux à tête de lion de

l'Apocalypse : le cosmonaute signale à la
terre qu'il a mal aux pieds, que tout n'est
que poussière ou qu'il vient de se laver les
dents. Même Dieu ferme sa gueule, par crainte
d'être suspect, et n'ose plus choisir ses fré-
quentations : à peine s'offre-t-il, de temps à
autre, une brève rencontre avec un journaliste
fatigué. Il fait des passes.

Il ne reste que des soirs propices aux mira-
cles. Des amorces. Des velléités. Des circonstances favorables. Des tentatives d'évasion.

François Beaufils a emmené José dans la
forêt de Saint-Germain-en-Laye, pour dîner
dans un restaurant de clairière. C'est juste
avant l'été. L'air tiède est chargé de fraises, de
cœur de lis et d'herbe soûle au crépuscule.
Des photophores éclairent les tables sous les
arbres, brûlent des insectes et donnent aux
visages des allures d'icônes. Des couples glissent de l'ombre à la lumière. Des rires s'étouffent sur les nappes et des genoux se prennent
sous les tables. Des vins précieux passent de
verres fins en bouches sombres. Il y a des
éclairs d'argent entre les mains des serveurs,
des grenouilles dans la nuit et des passions à
fleur de lèvres.

Une perfection solennelle enveloppe toute
chose. Paris est loin et le temps s'est arrêté.
François a commandé du melon et du canard
aux cerises. Il est attentif à José comme il
ne l'a jamais été. Du feu pour sa cigarette, du

vin dans son verre. François pose son doigt sur
le poignet de la jeune femme, suit le cours
d'une veine. Il n'est pas pressé, il a tout son
temps. Il a beaucoup de choses à lui dire mais
il attend que le café ait noirci les tasses. Un
sucre pour toi ? François parle, les avant-bras
bien assurés sur la table, les yeux droit plantés
dans ceux de cette femme qui lui appartient.
Et José entend des mots miraculeux.

« Maintenant, dit François, on va essayer de
vivre. Que dirais-tu si je te proposais de partir
avec moi en Amérique du Sud ? On recommen-
cerait tout. On ne se quitterait plus... »

José, en plein miracle, se dit qu'elle assiste
à un mirage de Chambolle-Musigny. Elle n'en
est pas encore à la méfiance. Tout cela est un
jeu. Elle attend. Elle cherche ce qu'elle *doit*
répondre...

« ... je n'en peux plus, dit encore Beaufils.
Et toi non plus, je pense... J'ai un ami qui
habite Cali, en Colombie, sous Panama, presque en face des îles Cocos, au-dessus de l'Equa-
teur. Un, on arrive à Gibraltar ; deux, j'ai la
possibilité d'avoir là-bas un ketch. On l'achète
et on file sur les Antilles. On vend le bateau
à Caracas, on traverse un petit bout du Vene-
zuela et puis on arrive en Colombie. Qu'est-ce
que tu en penses ?

— Partir ? dit José. Partir avec toi ? Pour
toujours ? Tu es soûl ? C'est un jeu ? Tu veux
voir ce que je vais dire ? Tu crois que je te
crois ?

— Regarde-moi, Joséphine, dit Beaufils.
Regarde-moi... »

Il ne rit pas. Il serre son poignet. Il attend.
Il attend de savoir si elle veut le suivre et elle,
prise de timidité, encore mal assurée de ce
qu'elle vient d'entendre, José bouleversée a les
larmes aux yeux... Faites, mon Dieu, faites que
je ne me réveille pas... Faites que tout cela soit
vrai... Donnez-moi cette nuit et son miracle :
la voix de Beaufils qui m'appelle, qui veut
m'emporter, qui se jette enfin à moi comme je
me suis jetée à lui... Et José, privée de mots,
privée de sons, fait oui-oui avec la tête, affolée
à l'idée qu'il puisse prendre son silence pour
un refus... Oui-oui, fait la tête de José. C'est le
plus urgent.

Et voici qu'elle part déjà. Elle voit l'avion,
elle y est, ils y sont. Ils s'en vont, François et
elle, et c'est comme si elle emportait toute la
terre. Il n'y a plus rien derrière elle : plus
d'enfants, plus de Philippe, plus de passé. La
vie est neuve, elle est devant. François tient
leurs deux billets dans sa main. Et l'avion descend sur Gibraltar, le caillou de la vertu... Dans
Cosi fan tutte, il y a une Castafiore qui chante
que non, elle ne se fera pas sauter, qu'elle résis-
tera à tout, parce que sa vertu est solide
comme un roc... *come scoglio*, tralala... Et sur
le livret, dans la traduction anglaise, elle doit
chanter : *See Gibraltar*...

« Ce départ, dit Beaufils, est entre tes mains.
C'est toi qui vas en décider... Ecoute-moi bien :
dans dix-sept jours exactement, un dépôt de
cent vingt millions de lingots sera fait à la
banque Verraque. Les lingots resteront deux
jours dans les coffres...

— Comment le sais-tu ?

— Je le sais... Ces lingots, je les veux. Nous les voulons, n'est-ce pas ? On ne recommence pas la vie sans argent. Pas toi, pas moi... Cet argent, Joséphine, il faut que tu nous le donnes...

— Mais, dit-elle, je ne vois pas comment...

— Voici, dit Beaufils. Il faut obtenir la clef et la combinaison des coffres, je t'expliquerai lesquels très précisément. Le 21 juin, tu donneras une fête, une énorme fête chez toi, sous le prétexte que je te laisse choisir... Il faut qu'il y ait énormément de monde... Le président de la République et ses gardes, si tu peux. J'ai besoin d'une foule. Il faudra que tu sois très belle : ton mari n'en gardera qu'un meilleur souvenir de toi, car ce sera la dernière fois qu'il te verra... On minutera l'opération comme un lancement de fusée. J'aurai quatre hommes avec moi... Il faut que tout se passe en douceur... Nous ferons partie du service et peut-être même du service d'ordre... Les lingots resteront en France quelque temps pour être liquidés tranquillement... Un avion nous attendra et nous partirons la nuit même. Ton mari, occupé par la foule de ses invités, ne remarquera pas immédiatement ta disparition. On croira à un enlèvement. Les clefs que tu nous procureras empêcheront l'effraction et le bruit. La disparition des lingots ne sera découverte que le lendemain. Nous serons loin.

— Je ne peux pas faire cela, dit José. Je ne peux pas !

— Tant pis, dit Beaufils... Dans ce cas, nous ne partirons pas. Je croyais que tu le souhaitais. Je m'étais trompé. »

Et voilà qu'il pose la main sur son épaule. comme pour la réconforter. La main de François sur son épaule. Et elle sent la chaleur de ses doigts à travers la soie mince de sa robe.

WESTERN EN PLEIN FAUBOURG
SAINT-HONORE :

*Après une tentative de cambriolage, des gang-
sters enlèvent la femme d'un banquier.*

C'est hier soir, vers 23 h 45, qu'une véritable
fusillade éclata au 207 de la rue du Faubourg-
Saint-Honoré où se trouve l'hôtel particulier,
domicile du jeune banquier Philippe Verraque
et le siège même de la banque privée.

Une foule nombreuse se pressait aux abords
de l'hôtel Verraque où une importante réception était donnée. Soudain, des coups de feu
éclatèrent dans le va-et-vient des voitures
canalisées par un service d'ordre.

Plusieurs témoins ont vu alors un individu
de grande taille, armé d'un revolver et le visage
dissimulé en partie par des lunettes fumées de
motocycliste, entraîner vivement une jeune
femme en robe longue qui n'était autre que

Mme Verraque, la propre épouse du banquier.

L'individu tira plusieurs coups de feu en l'air, sans doute pour éloigner d'éventuels gêneurs et s'engouffra bientôt avec la jeune femme dans une DS noire, en stationnement rue Saint-Florentin puis démarra aussitôt, avant que les gardiens de la paix, surpris par la rapidité de la scène, aient pu intervenir.

Madame Philippe Verraque, née Joséphine Boudard, 30 ans, une ravissante jeune femme mère de deux enfants, qui fut mannequin-vedette chez Franck Ladurie, semblait, aux dires des témoins impuissants, absolument terrorisée par l'odieux enlèvement dont elle était l'objet. Tenue au poignet gauche par son agresseur, elle aurait trébuché plusieurs fois dans sa robe longue, avant d'être violemment poussée à l'intérieur de la DS.

Un car et une voiture de police arrivèrent sur les lieux, quelques minutes après le démarrage de la DS et une poursuite s'engagea qui devait mener les policiers jusqu'à Meudon-Bellevue. C'est là que, vers 0 h 35, le ravisseur, acculé par les forces de l'ordre, près d'un chantier en construction, dut abandonner son véhicule dont les pneus arrière avaient été crevés, la police ayant ouvert le feu.

L'individu tenta alors de s'échapper, entraînant avec lui la jeune femme à demi morte de peur. La police ouvrit à nouveau le feu et Madame Verraque fut malheureusement atteinte à l'omoplate d'une balle qui ne lui était pas destinée.

A ce moment, l'homme lâcha sa proie et

tenta de s'enfuir seul, par une venelle longeant le chantier, heureusement désert à cette heure. Il fut abattu quelques minutes plus tard et identifié. Il s'agit de François Beaufils, 37 ans, un dangereux repris de justice, bien connu de la police criminelle et de la brigade de répression des fraudes.

L'enquête ouverte immédiatement au siège même de la banque, sous la direction du commissaire Duflot, a permis de constater une tentative de cambriolage dans les coffres où un important dépôt de lingots d'or avait été effectué, le matin même.

On suppose que Beaufils n'était pas seul pour accomplir ce méfait, car plusieurs sacs de jute qui devaient sans doute servir à transporter les lingots ont été retrouvés, ainsi que des revolvers abandonnés par les bandits. Cependant, aucune trace d'effraction n'a été relevée, ce qui laisse supposer que des familiers de la banque auraient pu participer à ce cambriolage. On pense que c'est vraisemblablement à la faveur des entrées et des sorties des invités que les gangsters se sont introduits dans la banque.

Le personnel ordinaire de l'hôtel, les extras et les invités présents, parmi lesquels figuraient plusieurs personnalités importantes, ont déclaré n'avoir remarqué aucune présence suspecte.

Monsieur Philippe Verraque a fait la déposition suivante : « Tandis que la réception battait son plein, vers 11 h 30 environ, j'ai quitté un salon où je me trouvais avec certains de mes invités, pour aller chercher une adresse dans mon bureau personnel, situé dans le bâtiment central de l'hôtel.

« C'est alors que je me suis aperçu que les clefs des coffres, déposées, chaque soir, dans un tiroir de mon bureau, lui-même fermé à clef, avaient disparu.

« Intrigué et assez inquiet, au sujet de ce dépôt d'or qui m'avait été confié pour quarante-huit heures, je me suis dirigé vers le couloir privé et l'escalier qui mènent directement à la chambre des coffres, dans les sous-sols de la banque. Je précise que cette voie d'accès m'est strictement réservée, une autre voie d'accès existant, par le rez-de-chaussée de l'hôtel. Je m'y suis donc engagé, après m'être muni d'un revolver que je conserve toujours dans mon bureau, par mesure de précaution.

« C'est alors que ma femme m'a rejoint. Elle s'était étonnée de me voir quitter le salon et venait s'assurer que je n'étais pas souffrant.

« Je l'ai rassurée sans lui faire part de mes craintes et je lui ai simplement dit que j'allais faire un tour aux coffres. Elle a alors insisté pour m'accompagner et je n'ai pu l'en dissuader.

« La lumière était allumée dans le petit escalier et nous avons constaté qu'un des dispositifs d'alarme, pourtant très discret, avait été saboté.

« J'ai alors prié ma femme de m'attendre dans mon bureau, mais elle a exigé de me suivre. Je me suis engagé le premier dans l'escalier et, à peine parvenu aux dernières marches, j'ai été bousculé par un véritable raz de marée. Avant d'avoir pu me défendre, j'ai été assommé d'un coup de poing derrière la nuque, au moment où je me retournais pour crier à ma femme de s'en aller et de donner l'alarme. Je suppose que les gangsters se sont alors emparés d'elle, en remontant par le petit escalier. Pour ma part, j'avais perdu connaissance. »

L'enlèvement de Madame Philippe Verraque était-il prémédité ou bien a-t-il été improvisé, faute de mieux, en vue de l'obtention d'une rançon, quand les bandits se sont aperçus que le cambriolage avait échoué ? L'enquête le dira, dès que l'on aura pu remettre la main sur les complices de François Beaufils.

Malheureuse victime de cet attentat, Madame Verraque a été immédiatement transportée à l'hôpital Boucicaut. La balle qui lui a traversé l'omoplate a été extraite dans la nuit et son état n'inspire plus d'inquiétude grave, aujourd'hui. La jeune femme cependant très ébranlée nerveusement par ce qu'elle a enduré demeure prostrée. Sa déposition a été remise à plus tard.

C'est la première fois que je mets le feu quelque part, il n'est donc pas étonnant que je sache mal m'y prendre. Pour toi, sans doute, cela ne poserait aucun problème : tu irais droit au but d'un geste sûr. Je te vois, François, je te vois si bien... Mais comme je suis tout ce qui reste de toi, il me faut le faire. Je n'ai pas le choix. Même en claquant des dents, car j'ai toujours eu peur dans le noir, une peur bête de Tahitienne. J'ai beau respirer très fort, me pacifier intérieurement, je crains les esprits de la nuit, je les sens qui me guettent, prêts à me bâillonner d'un baiser humide ou à m'attaquer les mollets dans les escaliers.

Les gens, je ne les crains pas. Le village était désert quand je l'ai traversé tout à l'heure et, chez moi, Philippe et les enfants étaient endormis. Je suis arrivée jusqu'aux dunes par le chemin de la forêt, sans rencontrer âme qui vive. Septembre a nettoyé la côte. Il ne reste que des papiers gras et de l'herbe écrasée à l'emplacement des caravanes.

Pas vue, pas prise. Et qui pourrait imaginer

cette charmante Mme Verraque, une torche à
la main, en pleine nuit, boutant le feu à une
petite baraque abandonnée qui ne lui a rien
fait ?

Philippe ne sait même pas pourquoi je lui ai
demandé d'acheter une propriété dans ce bout
de France désolé. J'ai inventé n'importe quoi,
un souvenir d'enfance et il a cru à un caprice
de plus. Personne ne sait que tu m'as emmenée
ici, autrefois. Car sept ans, n'est-ce pas, c'est
déjà autrefois ?

J'aurais pu l'acheter cette maison et m'y installer tous les étés (m'installer, quel horrible
mot !). Mais ce n'était pas possible. Là, je
n'aurais pu vivre qu'avec toi. Je n'y suis même
jamais revenue toute seule. Je suis simplement
passée au large très souvent. D'été en été, je
l'ai vue s'effriter, le toit pourrir et baisser sur
la façade comme une casquette sur le visage
d'un ivrogne qui va s'endormir. J'ai vu la
rouille attaquer la jointure des volets et le jardin devenir une forêt vierge. Tout à l'heure, je
n'ai eu qu'à pousser un peu de l'épaule la porte
de derrière dont le bois est redevenu végétal. Du
côté de la route, l'agence a fait poser une
serrure toute neuve qui a l'air d'une dérision
à côté des pierres qui s'effritent. Je ne supportais pas non plus cette pancarte qui l'annonçait
à vendre. Tu n'aurais pas toléré plus que moi,
n'est-ce pas, d'y voir d'autres gens...

Il faut que tu m'aides, que tu me souffles
une idée, car je ne sais par où commencer.
Les rideaux, en bas ? Les poutres du haut ?
Le vent de la mer a rendu tout humide et je

crains que les murs ne s'enflamment pas avec
tout ce salpêtre.

La Sainte-Thérèse de ta mère me regarde
d'un air rigolard, sur la cheminée, entre ses
deux vases en douilles d'obus. Elle a des
toiles d'araignée entre les roses. Je me souvenais de la salle, du fauteuil où tu t'es assis,
les jambes par-dessus les accoudoirs ; je
n'avais pas oublié la chambre où tu m'as cul-
butée d'entrée, le premier soir sur l'affreux
couvre-lit rouge, mais je ne savais plus qu'il
restait dans la cheminée les débris calcinés
d'un feu que tu allumas pour moi un soir de
mai. Voici les bouteilles vides de nos huit
jours, voilà ce livre de notre enfance dont nous
avons retrouvé les images ensemble. Toute
l'horreur du monde est pendue à la patère près
de la porte : la vieille veste de cuir qui a gardé
la forme de ton corps, le pli de tes bras, l'ar-
rondi de tes épaules. Elle ressuscite pour moi
l'image de ton dos s'enfuyant, tandis que j'étais
blessée à terre, quand tu as lâché mon poignet
pour courir plus vite. Une femme pèse trop
lourd, parfois, dans la vie d'un homme, alors
il ouvre les doigts et la dernière image de lui
qu'elle conserve est évidemment celle de son
dos.

Pendant des semaines, des mois, j'ai serré
les dents sur une obsession épouvantable. Je
me demandais s'*ils* t'avaient eu dans le dos ou
dans la figure, si tu avais eu mal dans l'ambu-
lance ou si, déjà, tu ne sentais plus rien. On
ne m'a pas dit, évidemment, où l'on t'avait
emporté, dans quel trou. On ne m'a rien dit.

On a fait le silence autour de moi. Je n'ai jamais revu les autres et je ne pouvais pas interroger les gens qui m'entouraient, à la clinique où Philippe m'a fait transporter presque tout de suite. Car on ne pouvait pas laisser la femme de Philippe Verraque à l'hôpital, n'est-ce pas ? Alors on a été la poser dans une clinique chaude et chère, interdite aux journalistes. Quand je me suis réveillée, Philippe était là, attentif et bouleversé. Il y avait des fleurs au pied de mon lit et un flic en civil, très distingué, à ma porte. Il paraît qu'on a les flics qu'on mérite. On m'a posé des questions d'une voix respectueuse. Philippe était là, inquiet, mais mes réponses l'ont rassuré. Je me demande ce qu'il a compris et deviné au juste dans toute cette histoire et je ne le saurai sans doute jamais.

Bien entendu, je ne te connaissais pas. Je ne t'avais même jamais vu auparavant. Vous dites : François Beaufils ? Non, cela ne me dit rien. Marc Santonel est arrivé alors, avec Didi Landermann. Il a serré la main du flic et l'a prié de ne pas me fatiguer. Il l'a regardé droit dans les yeux et il a dit : « Je crois que vous avez maintenant tout ce qu'il vous faut pour votre rapport. » L'autre n'a pas insisté. Puis, Santonel s'est tourné vers moi et il a ajouté : « Ne t'inquiète pas, José ; *maintenant*, tout va s'arranger. »

On m'a fait prendre des abrutissants, parce que je pleurais ; des vitamines parce que je ne mangeais plus. C'était normal : choc opératoire, choc nerveux. J'étais une jeune femme fragile éprouvée par une épouvantable histoire.

Le plus pénible a été d'échapper à la curiosité des autres. On venait voir, comme une bête rare, cette pauvre jeune femme brutalisée, enlevée par un voyou. J'ai subi des questionnaires mondains plus stupides et plus malfaisants, s'il est possible, que ceux de la police. Les gens s'ennuient tellement qu'une histoire semblable arrivant à l'un de leurs proches leur procure une jubilation très équivoque. Les femmes surtout voulaient des détails sur le « voyou ». Les femmes sont toujours au premier rang des drames. Elles tricotent au bord des révolutions, reniflent les cercueils et font la ronde sur les trottoirs autour des corps disloqués qui viennent de tomber par les fenêtres. Ma mère m'a raconté que les femmes se pressaient en foule pour voir et toucher la cuisinière de Gambais où Landru avait brûlé ses souvenirs. Lili Boudard, enfant, y était allée, comme elle a accouru près de mon lit, dès qu'elle a appris la nouvelle. J'ai vu apparaître son visage pointu au milieu de mes vaps et j'ai failli m'attendrir. Failli seulement car c'est tout juste si elle ne m'a pas reproché de m'être fourrée dans une situation incorrecte, ce qui est le moins qu'on puisse dire.

« C'est curieux, ma petite fille, comme tu portes les orages avec toi », a-t-elle murmuré.

C'était aussi l'avis de Miss Brooklet.

Je suis restée collée à mon oreiller pendant des jours et des jours. Je n'osais plus penser à toi et j'y pensais sans cesse, me demandant ce que tu étais en train de devenir, là-dessous,

au fil des saisons. Tu dois être sec et décent à
l'heure qu'il est. Moi, je me porte bien. J'aurai
trente-deux ans à la fin du mois de septembre.
Mon mari ajoutera un diamant à tous ceux
qu'il m'a déjà donnés. Mes enfants entreront
dans ma chambre au matin, avec des fleurs,
et il en sera ainsi pendant des années.

Finalement, le mieux était de basculer le
jerrican dans l'escalier. Une allumette suffit.
De la veste de mouton imbibée d'essence a
jailli une flamme nourrie qui s'est enroulée
immédiatement à la rampe.

José a sauté dans son auto, garée au plus
sombre d'une pinède, un peu plus loin. Pas
vue, pas prise. Elle a roulé vite à travers la
campagne, traversé le village mort dont les
toits se découpaient sur le ciel plus clair.
Tout était calme comme dans les nuits de
Benjamin Rabier où des chats se profilent sur
des lunes toutes rondes, tandis que les chiens
aventureux battent de la patte en rêvant. Une
nuit d'enfance innocente.

Elle a fait glisser la voiture, moteur et feux
éteints, par l'allée en pente du jardin, à droite
de la pelouse. Seul, le bruit des pneus écrasant
le gravier aurait pu la trahir.

Elle a ôté, dans son garage, son blue-jean et
ses gants de caoutchouc qu'elle a roulés au

fond d'une caisse. Puis elle est allée se laver le visage pour en ôter une odeur d'essence qui lui semblait persistante. Elle a regardé par la fenêtre blanchir la nuit au ras de l'horizon marin. Très loin, sur la droite, achevait de flamber la maison de François Beaufils. Alors, elle s'est glissée dans le lit de Philippe qui dormait profondément, un bras jeté sur son visage.

Plus tard, le jour s'est levé tout à fait et une très belle journée d'arrière-été a commencé, avec ciel tendre et brise légère à faire tromper les hirondelles.

José a emmené les enfants à la plage. Elle a nagé longtemps avec son fils Benjamin et calmé Alice, furieuse de trouver fermée la boutique des crêpes.

En servant le déjeuner, Juliette a raconté qu'il y avait eu un incendie au bout du pays, la nuit d'avant. Une maison qui était à l'abandon. Elle a ajouté que c'étaient sans doute des hippies qui l'avaient allumé. On en avait vu passer trois, la veille, avec des cheveux jusque-là, qu'on ne reconnaissait plus les mâles des femelles. Et des étrangers par-dessus le marché. Ils avaient, paraît-il, demandé à dormir dans la grange du père Chapu. Celui-ci ne leur avait pas mâché ses mots : il ne se cassait pas les noix toute l'année pour entretenir des romanichels et des chienlits. Même dans son foin, tas de feignants ! Alors, évidemment, les hippies avaient dû aller dormir dans la maison abandonnée et y mettre le feu pour se venger.

L'après-midi, José est allée acheter des étrilles à l'arrivée des chalutiers, car Philippe adore les étrilles tièdes avec du beurre salé et du gros-plant bien frappé.

Elle est revenue à pied en contournant le pays, son sac de toile accroché à l'épaule. Aux premières maisons une vieille femme l'a saluée et lui a conseillé, en pointant le doigt vers le ciel, de rentrer avant l'orage.

Elle a remonté l'allée derrière l'église. Elle s'est arrêtée pour acheter des petites pêches de vigne sombres et velues, au goût exquis. Les premiers feux de bois sautaient des cheminées. Les dernières salades de concombres poussaient par les fenêtres ouvertes leur parfum d'herbe et de vinaigre. Déjà le vent d'orage engrossait les rideaux et l'on entendait le bruit mélancolique de balles de tennis qui frappaient un sol battu, quelque part derrière une haie de troënes.

Après le dîner, les enfants sont montés se coucher et Philippe a ouvert la télévision. Il y avait encore eu des morts au Vietnam.

« C'est terrible, a dit Philippe, en bourrant sa pipe. Ça ne finira donc jamais.

— Oui, a dit José.

— Comment, oui ?

— Je ne sais pas, a dit José.

— Ça ne te fait pas plus d'effet que ça ? a demandé Philippe.

— Non, a dit José.

— C'est drôle, a dit Philippe. Je me demande parfois ce qui peut te toucher. Des gens meurent et tu t'en fous. On dirait que la mort ne te concerne pas.

— Je crois que je vais monter me coucher, dit José. Tu as raison. Un de ces week-ends, il faudra que je pense à la mort. »

IMPRIMÉ EN FRANCE PAR BRODARD ET TAUPIN
7, bd Romain-Rolland - Montrouge - Usine de La Flèche.
LE LIVRE DE POCHE - 22, avenue Pierre 1er de Serbie - Paris.
ISBN : 2 - 253 - 00500 - 2